suncolor

suncolor

白川紺子 著／李彥樺 譯

後宮之烏

2 雙生之沫

suncolor
三采文化

目錄

青燕

深宮之中有一名妃子，眾人皆喚之為「烏妃」。

烏妃是一名特殊的妃子，晚上並不陪侍帝王。她深隱在漆黑的殿舍之內，平日絕少外出。看過她真面目的人並不多，有人說她是佝僂老婦，也有人說她是妙齡少女。

關於烏妃的傳聞從未少過。在某些傳聞裡，她是不老不死的仙女；在某些傳聞裡，她是陰氣逼人的幽鬼。據說她能施術法，只要找上了她，不管是要咒殺仇敵，還是招魂、祝禱，甚至是尋找遺失物，都可以如願以償。

雖然身處後宮，烏妃從不曾與帝王有所往來。

面對帝王不下跪也不侍寢，這就是烏妃。

✿

奇妙的氣息，讓壽雪不禁轉頭望向門扉。

「娘娘，怎麼了？」侍女九九問道。

此時入夜已深，槅扇窗之外盡是一片深靛的夜色。然而壽雪身上所穿的黑衣，卻比那夜色更加深邃。不管是繡了花葉紋的襦子衫襦，還是織著瑞鳥叼花圖紋的裙子，都宛如烏鴉的羽毛一般漆黑油亮。而她披在肩上的黑色薄絹，上頭縫了一顆顆的黑曜石，壽雪每一舉手投足，都讓那黑曜石反射出妖豔的鋒芒。

「人來矣。」

壽雪只說了短短一語，旋即從椅子上站起。而金雞星星也開始在腳邊暴跳奔走。片刻之後，門扉外傳來呼喚聲。

「——烏妃娘娘在嗎？」

年輕女人的聲音微微打顫，或許是因為驚恐，也或許是因為緊張。

「欲求烏妃娘娘相助。」對方說出了熟悉的詞句。

每個前來拜訪烏妃壽雪的女人，都會說出這句話，簡直就像是一種暗號。尋物、招魂、咒殺……每個訪客的心願都不相同，躡手躡腳的動作卻是如出一轍。

壽雪輕輕伸手，指尖緩緩彎曲，宛如勾起一條肉眼看不見的絲線。

門扉無聲無息地開了。朦朧的月光，隱約照出了一名置身在濃重黑暗中的女人。那似乎是一名宮女。身上穿著樸素的襦裙，頭上罩著一條白色薄絹，看不清面貌。女人似乎很怕被人看見，她閃身進入門內，才微微吁了口氣。

「何事求吾？」

壽雪淡淡地問道。女人抬起了頭。雖然隔著薄絹，壽雪還是可以看出女人的錯愕。不知是錯愕於壽雪只是個十五、六歲年紀的小姑娘，還是錯愕於壽雪那一身黑的服色。

「妳是……烏妃娘娘……？」從女人狐疑的口氣，顯然令她錯愕的是前者。

「吾乃烏妃。」

這樣的對話，總是讓壽雪感到不耐煩。壽雪冷冷地應了，女人沉默半晌，忽然快步奔到她的面前，甚至忘了施禮，焦急地說道：

「請娘娘一定要幫幫我！」

壽雪見女人隨時可能會撲上來，不禁微微退了一步，遠離那隱藏在薄絹下不停喘著氣的女人。

「烏妃娘娘，我只能求妳了！請妳無論如何……」

「不必多言。何事求吾，速速道來。」

女人原本朝著壽雪伸出了手，此時又將手縮回，雙手交握在胸前，手掌也在顫動著。只見她喉頭微微一動，說道：「……返魂。」

女人的聲音依然抖個不停。壽雪這才醒悟，女人發抖的原因既不是驚恐，也不是緊張。

……而是急迫。

返魂。顧名思義，是讓靈魂回到軀體之內。

「請娘娘幫忙讓一個人活過來……」

女人的雙手不停抖動。她想要繼續說下去，壽雪已伸手制止。

「……吾無法令亡者復生。」

女人發出了不知該說是驚呼還是哀號的聲音。壽雪沒有理會，繼續說道：

「吾僅能招魂，即召喚亡魂至此地，且僅以一次為限。非吾不願助汝，實無能為力。」

壽雪耐著性子向女人說明。女人的肩膀上下起伏，似乎隨時會放聲大哭。

「那該……如何是好？有誰能夠幫幫我？」女人一邊喘氣一邊說道。

「返魂之事，天下無人能為。」

女人慘叫一聲，以雙手隔著薄絹掩住了臉，模糊的啜泣聲自掌縫傾洩而出。壽雪看著女人，不禁感覺一股鬱悶之氣積塞在胸口。

的確偶爾會有來訪者像這樣提出讓死人復活的要求，儘管自己是第一次遇到，但是前一任烏妃還在世的時候，她便曾見過好幾次。前一任烏妃的回應，與此時的壽雪並無不同。除了斷然拒絕之外，沒有第二個選擇。壽雪輕輕嘆息，彷彿要吐出胸中的濁氣。

「可速去。」壽雪指著門口說道。

女人依然不停發出細微的啜泣聲，她先是往後退了數步，接著有氣無力地轉過了身，腳下卻一個踉蹌，頭上的薄絹飄然墜地。壽雪見女人搖搖擺擺地走出殿舍，手掌一揮，門扉再度掩上。站在一旁的九九倒抽了一口涼氣，眨著眼睛問道：

「她……她不會有事吧？」九九走上前，拾起了女人掉在地上的薄絹。

「不知。」壽雪只能如此回答。

「一定是有個對她來說很重要的人過世了，她才會提出那樣的請求……」九九一邊嘆息，一邊將薄絹輕輕摺好，遞到壽雪的面前，問道：

「請問……這個該如何是好？」

壽雪低頭望向那薄絹。表面泛著平滑的光澤，看起來是上等的絹絲。驀然間，她聞到了一股香氣。那是薰香的氣味，清新而甜膩，有點像是百合，卻又不太一樣。

「……想夫香？」

壽雪依稀記得這氣味，前一任烏妃麗娘也曾使用過相同的薰香。壽雪心中不禁有些感傷，每當像這樣偶然回憶起與麗娘相處的往事，自己總是會感覺胸口彷彿壓了一塊重物。

「這是為了心上人所薰的香，有時也會拿來送給心儀之人。」

九九一邊聞著薄絹上的氣味，一邊說道：「我看還是先收在架上吧，剛剛那位宮女可能會來取回。」

那個宮女絕對不可能回來。既然她是遮住了臉，偷偷摸摸地來到夜明宮，絕不可能為了取回失物而再來一趟。壽雪雖然心裡這麼想，但或許是因為聞到了那薄絹上的香氣，不忍將其丟棄，只是告訴九九：「汝自決之。」

壽雪轉過了身，走向房間後頭，黑色衫襦的袖口亦隨之輕輕翻舞。在壽雪房間的深處掛著幾層薄絹簾帳，帳後是一張床。

「娘娘要歇息了？」

「嗯。」

「我為娘娘更衣……」

「吾可自為。」

「那可不行，娘娘。」

九九嘟起了嘴，跟著走進簾帳後頭。在九九來到夜明宮前，壽雪身邊沒有任何侍女，不管是更衣還是梳洗，全部都是自己動手。事實上，此刻她也寧願自己來，但每當壽雪這麼說，九九總是會氣呼呼地抱怨：「那我在這裡有什麼意義？」

壽雪懶得與九九爭論，只好任由她為自己更衣。壽雪深怕惹惱九九，一旦惹惱了她，自己也會一整天心情煩躁不定。妃嬪必須看侍女臉色，這恐怕是除了夜明宮之外絕不會發生的事情吧。畢竟壽雪還沒有習慣與他人相處的感覺。

麗娘在世的時候，夜明宮內別說是侍女，就連宮女也沒一個，只有一名老婢幫忙做些雜事。而在麗娘過世後，這房間裡更是只有金雞星星陪伴著壽雪。

這才是烏妃該有的生活。

但如今宮裡不僅多了侍女九九、宮女紅翹，還多了三不五時就會跑來串門子的無聊男子。這樣下去真的好嗎？壽雪的心中經常浮現這樣的疑問。烏妃本應孑然一身，不應與任何人有所往來。

壽雪愣愣地看著九九伸手為自己寬衣解帶，胸中同時混雜著迷惘、後悔與安心。

「……九九，且慢。」

壽雪轉頭望向門扉。星星又開始振翅喧噪。

「咦？難道又有人來？」

「正是。」

「會不會是陛下？」

「豈能是他？」壽雪想也不想地否定。「彼昨夜方來滋擾，今晚如又復來，吾豈將永無寧日矣。」

「娘娘，您又說這種話。」

事實上壽雪感覺得出來，來者絕非皇帝高峻。

壽雪重新整好衣衫，走出帳外。門扉外傳來了微弱的呼喚聲。

「叨擾了……請開開門……」

聲音吞吞吐吐，似乎是個少年。後宮只會有一種少年，那就是宦官。

「烏妃娘娘……我叫衣斯哈……請開開門……」

壽雪聽不清楚那名字，不禁歪過了頭。

「啊……」九九輕呼一聲，轉頭說道：

「我認識這孩子，他是飛燕宮的宦官。」

九九從前曾是飛燕宮的宮女。壽雪於是輕翻手掌，開了門扉。

一名身穿淡墨色長袍的嬌小少年，正惴惴不安地站在門口。看上去約十歲出頭，曬得黝黑的皮膚上滿是雀斑。只見他睜大了一對眼睛，不斷朝門內探望，那模樣頗惹人憐愛，感覺是個木訥、耿直的天真少年。他看見壽雪後，緊張得猛眨眼睛，接著轉頭看見九九，臉上才揚起安心的笑容，隱約露出可愛的虎牙。

「九九姊……」少年轉頭面對九九，一句話還沒喊完，趕緊對著壽雪跪下，雙手交握，垂首說道：「烏妃娘娘，請恕小人無禮……我……我叫衣斯哈，在飛燕宮當差。」

少年說得結結巴巴，顯然才進後宮沒多久時間。

「他是今年春天才進飛燕宮的『雛兒』……意思就是實習的宦官。」

九九在旁邊幫忙解釋。壽雪輕輕點頭，說道：

「平身。」

「是……」衣斯哈以笨拙的動作站了起來。或許是因為緊張的關係，他的表情相當凝重，雙手筆直緊貼雙腿，一動也不敢動。

「無須驚惶，坐。」

壽雪指著房間裡的桌椅，自己也在對面的座位坐下。衣斯哈愣住了，又開始猛眨眼睛。按照一般宮廷禮節，宦官絕不可能在妃嬪的視線範圍內坐下，更何況還是坐在妃嬪的面前。但這裡是烏妃的夜明宮，一切宮廷禮節在這裡都不適用。

「坐。」

壽雪再次催促。衣斯哈露出了不知如何是好的扭捏表情。

「過來這裡坐下。放心，不會罵你的。」

九九在旁邊溫言說道。但衣斯哈還是不動，只是低頭看著腳下，一副快要掉下眼淚的表情，兩條腿微微扭動。壽雪見衣斯哈神情有異，起身說道：

「汝腿有傷？」

衣斯哈一聽，肩膀霎時一震。壽雪一看那反應，便知道自己沒有猜錯。回想起來，少年剛剛起身的時候，不僅動作異常慎重，而且表情相當難看。

「不敢就坐，必是傷於髀後。」

壽雪走上前，撩起少年的長袍下襬。衣斯哈嚇得全身打顫，壽雪並不理會，只是拉著下襬，叫九九脫掉他的褲子，露出兩條不曾曬過太陽的白皙大腿。九九一看，忍不住摀住嘴。

「好嚴重……」

只見少年的大腿後側一片血淋淋，中間部位傷勢最深，不僅皮開肉綻，且又紅又腫。

「此乃棒擊之傷，汝曾受棒責？」

那是壽雪相當熟悉的傷痕。從前自己在民間當家婢的時候，像這樣遭受責打可說是家常便飯。因此一看見衣斯哈那畏畏縮縮的模樣，便知道發生了什麼事。

「新進宮的宦官遭負責指導的宦官責打，並不是稀奇的事情，但是這傷痕……下手未免太重了……」九九臉色發白。

「都怪我學不會應答，老是惹師父生氣。」衣斯哈低聲呢喃。

「師父」是新進宦官對負責指導的宦官的尊稱。

「一時學不會應答，這也怪不得你，你光是要學會我們說的話，這不是一件容易的事。」九九說道。

「……汝是何族出身？」

「衣斯哈」並不是宮城一帶常見的名字。霄國是由大小數個民族所組成，就像壽雪的血統若要往前追溯，也是來自北方的少數民族。

「我是浪鼓的哈彈族人。浪鼓是迎州南邊的沿海地區。」

「何故千里至此？」

「我們族人有不少孩子都進了宮裡當宦官。光靠打魚，沒辦法維持一家生計。」

簡單來說，就是希望少一張嘴吃飯。孩子當宦官，父母不僅能拿到一筆錢，而且孩子若能在宮裡熬出頭，父母也能跟著享受富貴。因此有些人是自願淨身進宮，但也有些人是像衣斯哈這樣迫於無奈。當一名宦官不同於一般的賣身為奴，首先得割去男性的象徵，在手術過程中送命的例子亦多有所聞。壽雪不禁心想，眼前這孩子不知是抱著什麼樣的心情，才接受了這樣一條路？

壽雪檢視了衣斯哈的傷口，令九九取來藥箱，同時從房內拖來一張榻❶，要衣斯哈趴在上頭。壽雪從藥箱裡拿出一小袋蒲黃，拉開袋口。蒲黃是蒲花的花粉，可作療傷之用。

壽雪在傷口上塗滿蒲黃，蓋上棉布，接著包上紗布。衣斯哈全身緊繃，絲毫不敢亂動。

「可起身矣。」

「謝……謝謝娘娘……」

衣斯哈神情緊張地穿好衣褲。

「以臀就榻而坐，勿觸股內。」壽雪一邊說，一邊讓衣斯哈坐在榻上，同時將椅子轉向他的方向，自己也坐了下來。

「……汝何事夜訪吾宮？」

衣斯哈深夜來訪，必定有事相求，並非希望烏妃幫他包紮傷口。衣斯哈併攏了雙膝，手掌放在膝蓋上，再度支支吾吾了起來。

「……呃……是為了……」

1 可橫躺的椅子。

衣斯哈偷眼窺探壽雪的臉色，似乎很怕遭到責罵。或許是因為經常遭到師父責打的關係，他的性格變得有些膽小畏縮。壽雪一想到這點，心中不禁對少年有些同情。

「既來此宮，必是有求於吾？」

壽雪溫言誘導。衣斯哈老實地點了點頭，接著鼓起勇氣說道：

「我看見一個孩子。」

「孩子？」

「年紀看起來跟我差不多，或許比我大一點，也是個宦官，就站在飛燕宮的庭院裡。」

看來這少年撞見了一個年幼宦官的幽鬼。

壽雪心裡如此想著，只是輕輕點頭，催促衣斯哈繼續說下去。

「庭院的偏僻角落有片潮濕的泥沼地，開了不少燕子花，那個孩子就站在那裡，面對著殿舍。他一步也沒有走動，就只是看著殿舍，臉上的表情相當悲傷……」

衣斯哈說到這裡，忽然垂下了頭，接著說道：

「就只有我看得見那孩子。我問其他人，大家都說沒有看見，師父還把我重重責罵了一頓，叫我不准再說。」

衣斯哈縮了縮身子，彷彿想起了身上的痛楚。壽雪心想，這件事一定讓他遭到了責打。

「那孩子明明就站在那裡，大家卻都說是我眼睛有問題，我自己也糊塗了，不明白這是怎麼回事。」衣斯哈臉頰微微抽搐，顯得相當恐懼。似乎不管那孩子是不是幽鬼，都讓他心裡發毛。

「我在飛燕宮的時候，從來沒聽過有幽鬼出沒的傳聞……」

九九一臉狐疑地嘀咕道。衣斯哈眉頭一皺，眼淚又快要掉下來，九九趕緊安慰他：「我聽到的幽鬼傳聞大多是宮女或妃嬪，或許也有宦官的幽鬼，只是我沒聽說而已。」但衣斯哈還是抽抽噎噎地哭了起來，九九對壽雪投以求救的眼神。

壽雪心裡咕噥，無奈地說道：「有無幽鬼，吾一往便知。」壽雪給了個簡潔明快的回答，但接著又問道：「此事汝師父要汝『不准再說』？」

「嗯……」

「汝師父未曾斥汝『不得胡言亂語』？」

「咦？」衣斯哈眨了眨眼睛。「唔……對，師父只叫我不准再說，沒怪我胡言亂語。」

「既是如此，必有幽鬼。」

衣斯哈聽壽雪說得斬釘截鐵，不由得愣住了。

「真的……有嗎？」

「有。」

如果除了衣斯哈之外沒有任何人看見，應該會以「不得胡言亂語」或「別胡說八道」之類的說詞來責備衣斯哈。但衣斯哈的師父不僅沒有這麼說，而且還要求「不准再說」，可見得師父心知肚明，衣斯哈並非胡言亂語。

衣斯哈吁了口氣，表情變得輕鬆不少。

「汝有何願？僅欲知飛燕宮有無幽鬼？」

「不……」衣斯哈用力甩動腦袋，模樣十足是個天真的孩子。「我看那孩子好可憐，很想幫幫他。但我不知道有什麼事情，是我能幫上忙的。那孩子跟我一樣……是哈彈族人。」

衣斯哈接著描述，那幽鬼有著黝黑且布滿雀斑的皮膚，一對烏溜溜的眼珠，以及扁平的鼻子、厚厚的嘴唇，一看就知道是哈彈族人。

「唔……」

壽雪目不轉睛地看著衣斯哈。眼前這個年幼宦官並非天資駑鈍，看起來並不像是會一天到晚惹師父生氣的孩子。不，或許正因領悟力太好，再加上想法單純，才會經常遭受責罰。

「汝聰慧而不機靈，耿直而不知應變。」

壽雪說道。衣斯哈歪過了腦袋，露出一頭霧水的表情。

「吾知一人，正與汝相似。」壽雪的腦海浮現了一名青年的臉孔。正是昨晚才剛見過的那個人，那個嚴峻、沉靜而穩重的青年。有如寒冬中的山脈。壽雪哼了一聲，將那張臉孔拋出腦外。

「汝既入夜明宮，何愁無能為力？」壽雪揚起了嘴角。

由於此時已是深夜，壽雪先將衣斯哈打發了回去，約好明日造訪飛燕宮。畢竟要是讓那少年睡眠不足，白天做事出錯，難保不會害他再遭責打。麗娘生前曾經說過，孩子每天都必須要有充足的睡眠。

隔天清晨，壽雪帶著九九出了夜明宮。由於平常的黑色襦裙實在太過醒目，這天壽雪改穿了紫色的衫襦及鵝黃色的長裙。這些服裝都是由花娘所送。

「那簪櫛明明很適合娘娘，娘娘為什麼不戴上？」

九九嘴裡依然咕噥個不停。她指的當然是高峻送的那支雕著鳥紋及波濤的象牙簪櫛。

「吾絕不戴。」

「為什麼？陛下要是聽見了，一定會很失望。」

壽雪緊閉雙唇，沒有回答。一來不知道該怎麼回答，二來有些事情不能讓九九知道。例如壽雪與高峻已經變成了「摯友」。

——朕想成為妳的摯友。

壽雪想起當初高峻說出這句話時的表情，胸中驀然有股苦澀又溫暖的感覺如潰堤一般傾洩而出。雖然過去的怨恚與未來的痛苦都不會有絲毫改變，但高峻這句話確實像一道光芒，射入了壽雪的心中。

那光芒雖然黯淡而柔弱，卻是唯一的救贖。

然而另一方面，卻也讓壽雪不知道該怎麼與高峻相處。雖然高峻經常造訪夜明宮，與自己飲茶閒聊，但直到如今，壽雪依然不知道該擺出什麼樣的態度。是否應該將高峻當成摯友一般款待？但就算有這個念頭，也不知道實際上該怎麼做。說到底，壽雪根本不知道什麼是朋友，也不知道該如何維持朋友關係。而最麻煩的一點，就是高峻對此也是懵懵懂懂。

壽雪皺著眉頭走了一會兒，忽聽九九問道：「娘娘，看您愁眉不展，是有什麼心事嗎？」壽雪心裡不禁感慨，自己只要表情一有絲毫變化，九九就會開始問東問西。壽雪雖然感到厭煩，卻也明白如果九九完全不問，自己反而會感到寂寞。從前的自己明明不曾有過這樣的心情，然而一旦體會到了受到關心的感覺，就再也回不去了。

「啊，娘娘！樹上有隻奇怪的鳥。」

兩人走到夜明宮外圍的桷樹及杜鵑花林時，九九忽然停下腳步，指著枝頭說道。那是一隻黑褐色的鳥，身上帶著白色的斑點，一對黑色的眼珠正凝視著兩人。

「此鳥即星烏也。」身上的斑點有如天上繁星，因此名為星烏。

據說這種鳥是女神烏漣娘娘的眷屬，夜明宮深處的烏漣娘娘壁畫上，星烏畫得特別巨大，而且宮城內祭祀烏漣娘娘的廟也被喚作「星烏廟」。

「我還是第一次看見，原來後宮有這樣的鳥。」

「應是外地之鳥遷徙至此林中，久居不肯離去。」

烏漣娘娘最恨「梟」，即夜貓子、貓頭鷹，因此不僅後宮完全沒有這類猛禽，甚至連「梟」這個字在後宮都被視為禁字。小型的鳥類在此沒有天敵，能夠過著悠哉安穩的生活，或許這也是那隻星烏決定在此定居的原因。星烏的鳴叫聲相當響亮，沒聽過的人可能會嚇一跳。只見那隻星烏忽然張嘴大叫一聲，鼓翅揚長而去。

「好美的鳥兒。一般的烏鴉都是全身漆黑，這星烏身上卻有白色斑點，真是可愛。」

九九似乎相當中意星烏，不停追問著「牠吃什麼食物」之類的問題。

兩人穿過了樹林，沿著迴廊走了一會，前方已可看見飛燕宮的木香薔薇籬笆，雖然花期已過，但綠油油的景象頗有另一番風味。殿舍的琉璃屋瓦在白色晨曦的照耀下，輝映著熠熠光芒。燕子造型的裝飾瓦片上，停著好幾隻歇息中的雀鳥。

壽雪選擇走向低階的宮女、官婢平日進出的後門。要是走前門，可想而知一定會遇上許多麻煩事。壽雪從來沒見過住在飛燕宮裡的燕夫人，甚至連燕夫人的姓名也不知道。

後門附近聚集了廚房、縫殿及宮女們的住處，可以看到不少宮女們正忙進忙出。

「咦？九九？」

右手邊的建築物走出了一名年紀頗大的宮女，手上捧著一個塞滿了布的簍子。她一看見九九，立即喊了一聲。

「姑姑！」

九九也親熱地喊了對方。那名內染司的宮女正是阿繡，壽雪過去也曾見過一面。

「妳不是到夜明宮當侍女了嗎？怎麼會在這裡？妳旁邊那個朋友，我記得她不是……」

阿繡一臉納悶地看著壽雪。上次見面的時候，壽雪打扮得相當樸素，穿著珊瑚色的襦裙，偽裝成內掃司的宮女。如今壽雪卻穿著華麗的刺繡襦裙，十足的妃嬪派頭。

「姑姑，這位是烏妃娘娘。」

「什麼？」阿繡驚訝得瞪大了眼珠。九九向她解釋，烏妃娘娘上次只是偽裝成宮女的模樣。阿繡一聽，臉上更是露出狐疑之色，但她還是放下簍子，向壽雪屈膝行禮。

「吾欲一觀庭中燕子花。」

阿繡聽壽雪這麼說，更是有如丈二金剛摸不著頭腦，但她什麼也沒問，乖乖在前領路，將人領進了庭院裡。

庭院的位置在飛燕宮的中央一帶，三人走過鋪著石板的小徑，穿過枝葉茂盛的槐木，前方果然出現了一大片美麗的燕子花。周圍的楊柳樹正隨著風輕輕搖曳，流水的氣味撲鼻而來，而在燕子花的正前方，有著一座氣派輝煌的殿舍，那多半就是燕夫人的住處吧。殿舍前方的地面以石板區隔成了幾個區域，裡頭種植著花菖蒲、溪蓀及黃菖蒲等花卉。這些花雖然外貌相似，但有的喜歡泥沼地，有的卻性惡水氣，要同時栽種得好想必相當不容易。

壽雪在蔚藍的天空下凝視著那片燕子花好一會兒，並沒有看見幽鬼。

「……」

然而這一帶隱約可以感受到幽鬼的氣息。那氣息就在燕子花的花叢間如火焰微微搖曳。

壽雪站在樹蔭下，瞇著眼睛凝視花叢，半晌之後對著站在身後的阿繡問道：

「汝可曾聽聞此地有宦官之幽鬼出沒？」

阿繡思索片刻，回答道：

「從來不曾聽過。」

阿繡在後宮待了相當地久，既然她說得如此斬釘截鐵，顯然確實不曾有過這樣的傳聞。

不過阿繡接著卻又說道：

「關於宦官的傳聞並不是沒有，不過與幽鬼無關。」

「何種傳聞？」

「關於宦官思慕妃嬪的傳聞。」

「噢？」

壽雪轉頭望向阿繡，後者說明道：

「聽說先帝在世時，這飛燕宮裡有個哈彈族的宦官，大約才十歲年紀。有很多哈彈族人會為了減少家計負擔而把孩子送進宮裡當宦官，因此哈彈族的居住地一帶被戲稱為『宦官產地』，當年那孩子大概也是其中之一。」

阿繡在得知壽雪是烏妃之後，說話的口氣變得客氣了些。她不愧是老資格的宮女，態度轉變得很快。

「那孩子聽說還只是個實習的『雛兒』，卻對當時的燕夫人暗生思慕之情。不過畢竟只是個孩子，傳聞說他思慕妃子，或許是有些誇大其辭了。當時的燕夫人也只是個十五、六歲的少女，據說相當仁慈善良，在宦官面前從不擺架子。那年幼的宦官獻了烏羽給燕夫人，燕夫人非常喜歡。」

「烏羽？」

「據說是青燕的尾部羽毛，因為相當漂亮，可以用來製作成髮飾。」

青燕是一種有著靛青色翅膀的燕子，經常棲息於後宮的森林裡。因為有著美麗的羽毛及清澈宏亮的鳴叫聲，特別容易引人注意。

「當然那年幼的宦官與燕夫人之間並沒有什麼曖昧之情，畢竟只是個孩子。後來那宦官卻不知為何死掉了，詳情我不清楚，燕夫人也在先帝駕崩後改嫁給了北衙禁軍的容將軍。」

皇帝一旦駕崩，所有的妃嬪都會被送出宮外。有些妃嬪會回到娘家守寡終身，有些妃嬪則會改嫁他人。大多數改嫁的妃嬪都是嫁給文武官員，但偶爾也有嫁進商家大賈的例子。在皇帝駕崩後依然能待在後宮而不用離開的妃嬪，只有烏妃一人。

——不是不離開，而是離開不了。

「我只知道這麼多。除了這傳聞外，我在飛燕宮從不曾聽過其他關於宦官的傳聞。」

「此宦官何姓何名？」

「請娘娘莫見怪，我並不清楚。」

「現今飛燕宮內有先帝時期宦官否？」

「這個嘛……」阿繡略一沉吟後搖頭說道：「如今飛燕宮裡的宦官，似乎並沒有從先帝時代就待在宮裡的，但我也不敢肯定。」

「吾知矣，謝汝相助，耽誤汝不少時間。」

壽雪道了謝，便讓阿繡離開。阿繡在行禮的同時，以充滿好奇心的眼神朝壽雪偷瞥了一眼，便逕自回工作崗位去了。壽雪不難想像，未來從她的口中必定會傳出不少關於烏妃的傳聞。「我見到烏妃了！原來烏妃真有其人！」她多半會這麼向其他宮女們炫耀。

壽雪轉頭望向燕子花花叢，將手伸向結了雙輪髮型的頭頂，插在上頭的那朵牡丹花，其實是法術所幻化而成。壽雪正想拔下那朵花，忽聽見背後有人大喊一聲：「烏妃娘娘！」她於是放下了手，朝聲音的方向望去。一名宦官正踏著石板，從殿舍往自己的方向奔來，正是衣斯哈。

「烏……烏妃娘娘……」

因為跑得太急的關係，衣斯哈上氣不接下氣，肩膀劇烈起伏。他正要跪下，壽雪伸手制止，說道：

「無須多禮，汝離開師父身邊，恐遭責罰？」

「不……不要緊……師父服侍燕夫人去了……我還沒辦法服侍燕夫人……」

衣斯哈一面喘氣一面說道。「雛兒」在獲得師父認可之前，是不能服侍主人的。

衣斯哈抹去額頭的汗水。雖說師父正在服侍燕夫人，但隨時有可能回來，何況要是被燕夫人撞見，又要多費一番唇舌。為保險起見，需向衣斯哈確認的部分還是盡快結束較好。

壽雪於是將衣斯哈拉到不醒目的樹蔭下，指著燕子花問道：

「幽鬼在否？」

衣斯哈轉頭望去，旋即點頭說道：「在。」

壽雪點點頭，從髮髻上摘下牡丹花。那牡丹花在她的掌心緩緩變形，淡紅色的花瓣一枚枚幻化成煙霧。

壽雪朝著那淡紅色煙霧輕吹一口氣，煙霧輕盈地飄向燕子花。不一會兒，那煙霧逐漸凝結，煙霧中顯現一道若有似無的人影。那道影子越來越濃，九九不由得驚呼一聲，趕緊以雙手摀住了嘴。

凝聚於淡紅色煙霧中的人影，確實是一名宦官，是年紀相當幼小的宦官。他的外貌有著與衣斯哈相似的特徵，曬得黝黑的皮膚、雀斑、烏溜溜的眼珠、扁平的五官，顯然是個哈彈族的年幼宦官。

他就站在燕子花的花叢之中，面對著燕夫人的殿舍。一對清澈而純淨的雙眸凝睇著殿舍，眼神中彷彿有著無盡的悲傷。任何人看了那泫然欲泣的表情，恐怕都會為之鼻酸，忍不住想要出手相助吧。

仔細一瞧，少年的手裡還握著一根藍色的什麼。

「……青燕的羽毛……」

那正是一根青燕的尾部羽毛。

壽雪回想起了阿繡剛剛提到的那個傳聞。一名哈彈族的少年宦官，將青燕的羽毛獻給了燕夫人。那少年宦官就是眼前這幽鬼嗎？

壽雪緩緩走向那少年。少年的雙唇正在嚅動，似乎在低聲細語，聲音高亢而微弱。他似乎是在重複說著同一句話，但壽雪聽不懂那發音是什麼意思。壽雪轉頭望向衣斯哈，還沒有開口，衣斯哈已奔上前來。果然是個聰慧的孩子。

「此話是何意？」

壽雪心想，那應該是哈彈族的語言。衣斯哈豎起耳朵聆聽一會兒，說道：

「……意思是『對不起』？」

「對不起……？」

他在向誰道歉？為了何事道歉？

現在時間急迫，壽雪決定暫不細想，朝著淡紅色煙霧再度輕吹一口氣。煙霧飄散的同時，幽鬼的身影也越來越淡，最後終於完全看不見了。事實上幽鬼還站在那裡，只是除了衣斯哈之外，其他人無法看見而已。

「……汝與此幽鬼既是同族，兼且年紀相仿，故得見之。」

除此之外，他還有著一對不為俗世所惑的清澈雙眸。

「此間已無事，汝可速去。」

壽雪揮揮手，催促他回到崗位。衣斯哈作了一揖，忍不住朝燕子花的方向又瞥了一眼，才轉身離去。直到衣斯哈去得遠了，壽雪才暗叫不好。

「吾欲問其師父姓名，如何忘之？」

原本想把衣斯哈的師父叫來問幾句話，卻忘了向衣斯哈確認師父的姓名。

「隨便找個人，請他把衣斯哈的師父帶來，不就行了嗎？」

九九納悶地問道。

「彼師父曾囑咐『不准再說』，若吾逢人便問『衣斯哈的師父』，又探詢幽鬼之事，彼必知衣斯哈以幽鬼之事求助於吾。」

這麼一來，衣斯哈恐怕又有苦頭吃了。

「吾雖可言自見此幽鬼，但要尋衣斯哈師父恐非易事。」

每個宦官身上都穿著灰色的長袍。雖說宦官的服色依位階高低而有濃淡的差別，只要找身穿深灰長袍的宦官就行了，但不知道衣斯哈師父的位階到底有多高。

壽雪一邊咕噥，一邊走向殿舍。

九九跟在後頭，說道：「娘娘對衣斯哈這孩子真是關心。」

「並無此事。」

「娘娘，只是您自己沒有發現而已。」

「沒有發現？」

「娘娘有一顆慈悲之心。」

壽雪瞥了九九一眼，說道：

「孩孺受杖責，人皆憐之。此非慈悲，僅是同情而已。」

「娘娘，您這是真正的慈悲。您現在正想盡辦法要幫這孩子，不是嗎？慈悲不是一種心情，而是一種行動。」

壽雪一時不知該說什麼才好。

「……汝過於善良，恐遭弊害，應慎之。」壽雪嘆了口氣。

「謝謝娘娘提醒。」九九笑著說道。

兩人繞過殿舍，來到後門處。

驀然間，不知何處傳來刺耳的擊打聲，使壽雪不禁皺起了眉頭。

這聲音是……

壽雪心裡有股不好的預感，趕緊朝著聲音的方向拔腿奔去。穿過兩座殿舍之間，她來到一排圍繞宮院的木香薔薇前方。這一帶地面裸露，並沒有鋪設石板，周圍的殿舍似乎都是宦官的宿舍。眼前聚集了好幾名宦官，其中兩名宦官押著一名年幼的宦官，讓那年幼宦官跪在地上，後頭站著一名手持棍棒的宦官。不遠處還站著另一名宦官，身上的灰袍顏色較其他宦官深一些，正一臉嚴峻地低頭看著年幼宦官。

壽雪不用確認那年幼宦官的相貌，便知道那是衣斯哈。

手持棍棒的宦官又高高舉起棍棒，壽雪大喝一聲：

「住手！」

宦官們聽到那尖銳的斥喝聲，都驚訝地轉頭望來。壽雪快步走上前去，說道：

「汝等何做此事？速速放人！」

押著衣斯哈的兩名宦官被壽雪一瞪，都趕緊放開了手。

「娘娘，讓您看見了這醜態，還請恕罪。」

身穿深灰色長袍的太監恭恭敬敬地跪下，拱手說道。想來他並不知道壽雪的身分，只是見壽雪的穿著打扮，知道必是妃嬪，才下跪行禮。那宦官有著光滑圓潤的臉頰，但氣色不佳，薄薄的嘴唇相當蒼白。額頭寬厚，看上去似乎頗有點小聰明，卻有著一對上吊的眼睛，顯然脾氣相當暴躁。壽雪心想，他應該就是衣斯哈的師父吧。他的服色雖然比其他基層宦官深了一些，但還稱不上是高階宦官。

「娘娘或許受到了驚嚇，但管教雛兒是常有之事，請不要放在心上。」

宦官的口氣雖然恭謹，言下之意卻是要壽雪別插手干預。想必他看壽雪身邊只帶了一名侍女，便以為壽雪只是個低階的妃嬪，因此也不特別懼怕。壽雪轉頭望向衣斯哈。只見衣斯哈緊咬雙唇，正強忍著淚水。

壽雪冷冷地看著衣斯哈的師父，說道：

「汝何姓何名？」

「小人康覽。」

「康覽？吾乃烏妃。」

康覽的一對眼珠不斷朝著壽雪上下打量，直到聽見烏妃名號，才流露出了驚懼之色。

「您……您是烏妃娘娘……？」

康覽一時不知該如何應對。畢竟烏妃不同於一般的妃嬪，平日絕少離開殿舍，而且據說還會施展奇怪的妖術。

「此人何故見責？」壽雪看著衣斯哈問道。

康覽鞠躬應道：

「這孩子擅離職守，因此稍施懲處。」

「此乃吾之過，與彼無關。」

「咦？」康覽驚訝得抬起了頭，臉色驚疑不定，又趕緊將頭垂下。依照宮廷規矩，宦官不能直視妃嬪的臉。

「吾欲遊覽庭院，命他向前引路。吾知他名衣斯哈，此亦是當時問得。」

「呃……娘娘說得沒錯，這孩子確實叫衣斯哈。」

「是吾思慮不周，錯不在衣斯哈，望汝勿再追究。」

「……原來是這麼回事，小人明白了。」

壽雪見康覽嘴上應允，臉上表情卻頗不以為然，心想最好還是嚇他一嚇，免得當自己離開之後，他又去找衣斯哈的麻煩。

「吾另有一事問汝。」

「請娘娘示下。」

「飛燕宮在先帝時期，可有宦官死於非命？」

康覽一聽，臉色變得更加難看。

「此間庭院有一宦官，貌似哈彈族人，年紀與衣斯哈相仿。立於燕子花花叢內，手持青燕之羽……」

在場所有的宦官全都臉色慘白。

「是不是衣斯哈對娘娘胡謅了這番話？」

康覽鐵青著臉，皺起眉頭說道。壽雪冷冷地俯視康覽，應道：

「此是吾親眼所見，何言胡謅？」

「小……小人不是那個意思……」

「康覽。」

壽雪凝視著康覽，說道：

「汝應知此過世宦官之事。」

康覽心中驚惶，又抬起了頭。這次他與壽雪四目相交，整個人宛如遭凍結了般僵立不動。壽雪的雙眸閃爍著黑曜石般的光輝，有如深不見底的闇夜，有如靜謐清澄的湖面，令人望而生寒。

「快從實招來。若有隱匿，吾必知之。」

「從……從前在飛燕宮，確實曾經死了一名哈彈族的宦官。」

康覽的額頭冒出涔涔汗水，聲音微微顫抖。

「據說他是因為犯了過錯而遭處斬，詳情小人也不清楚，是真的……」

遭處斬？難道是因為暗戀妃嬪之事曝光，遭到處死？

「……汝既知此往事，何不直言，卻道吾胡謅？」

「請……請娘娘恕罪……小人只是擔心這件事如果讓現在的燕夫人聽見了，恐怕會影響夫人的心情……」

「故汝雖聞幽鬼出沒，卻要眾人三緘其口？」

「請娘娘恕罪……」康覽再三求饒。「燕子花花叢的位置就在燕夫人殿舍的正前方，那裡是整個庭院裡景色最優美的地點，要是傳出那裡有幽鬼的閒言閒語……」

「汝可知過世宦官姓名？」

壽雪不想再聽他嘮嘮叨叨地為自己辯護，直接打斷了他的話。

康覽表示並不知情。壽雪又問是否知道哪個宦官是自先帝時代就在飛燕宮當差的，得到的答案也是「不清楚」。看來要知道這件事的詳情，還是只能求助於高峻了。

「吾已知汝姓名，今後不得再恣意用刑，否則必有災厄臨身。」

壽雪如此恫嚇道。知道姓名的意思，當然是暗指自己會施展咒術害人，當初她詢問康覽姓名，正是為了這個目的。康覽嚇得魂不附體，趕緊拜伏於地。壽雪朝衣斯哈瞥了一眼，只見他也露出鬆了一口氣的表情。

壽雪於是轉身離開飛燕宮。走回夜明宮的路上，她喊道：

「溫螢。」

一名宦官以矯捷的動作自旁邊的椨樹上一躍而下，輕巧地跪在壽雪的身邊。這名年紀不到二十歲的宦官是壽雪的護衛，雖相貌俊美，臉頰上卻有一條刀疤。他垂下頭，聽候差遣。

「報與高峻，近日前來夜明宮一會。」

溫螢應了一聲，迅速起身離去。

直到壽雪的身影已完全看不見了，跪在地上的康覽才終於敢緩緩起身。明明什麼事也沒做，卻像剛剛狂奔過一般氣喘吁吁。

「您還好嗎？」

部下的口氣帶了三分關心，卻也帶了三分納悶。就算對方是來頭神祕的烏妃，康覽似乎也沒必要怕得像是看見了幽鬼。

康覽只是猛嚥口水，雖然身上冷汗直流，卻完全沒想到要抹去額頭上的汗滴。

「……烏妃的眼睛裡……」康覽以沙啞的聲音說道：「藏著妖魔……」

說完這句話後，康覽打了一個冷顫。

這天初更❷時分，高峻來到了夜明宮。

「真難得妳會主動邀朕。」高峻說得輕描淡寫，臉上卻不帶絲毫笑意。「遇上什麼麻煩

2 晚上七點至九點。

事了？」

「先帝時代，有一飛燕宮宦官遭處死，吾欲知此宦官姓名。此人應是哈彈族人，年紀尚幼。另有一事，吾欲知當時所有飛燕宮宦官下落。」

壽雪簡單扼要地說完了自己的要求。高峻完全沒有詢問理由，轉頭向身後的衛青使了個眼色。衛青的俊美程度，在宦官之中可算是首屈一指。他想也不想地說道：「只要查一查內僕寮的名冊，應該就能知道。」

話落後他迅速朝壽雪瞥了一眼，眼神中抱怨著「別給大家添麻煩」。壽雪故意將頭轉向一邊，當作沒看見。

「朕的殿舍裡，也有一些哈彈族的年幼宦官。那部族有不少人將孩童送入宮中。」

「家境貧苦，少得一人是一人。」

「這當然也是原因之一……」

高峻難得露出欲言又止的表情，似乎有什麼難以啟齒的事情。

「何不直言？」

高峻依然吞吞吐吐，壽雪於是轉頭望向衛青。衛青一臉無奈地說道：

「因為價錢高。」

「價高？宦官亦得買賣？」

「族人賣給仲介商人，仲介商人賣給鷲大夫❸。『條件』越好，價碼越高。幼童的價碼通常都比青壯年高，因為孩童比較好教育，而且比較忠心。尤其是相貌清秀的幼童，價碼最高，許多妃嬪都喜歡這樣的幼童宦官。」

衛青說明完之後，冷冷地說了一句：

「鄙猥俗事，有瀆大家及烏妃娘娘的清聽。」

翻成白話，意思就是向壽雪抱怨「別逼我在大家面前說明這些不登大雅之堂的事情」。

「此事非吾所提，汝可對此人說。」

衛青聽壽雪稱皇帝為「此人」，更是氣得橫眉瞪眼。

壽雪懶得再理睬他，轉頭對高峻問道：

「新進宦官，動輒杖責，乃屬常事？」

「妳看見了？」高峻反問，壽雪點了點頭。

3　負責將宦官送入後宮的人。

「……這個因人而異，每個指導者的做法不同。」高峻含糊其辭，顯得有些尷尬。原本高峻就不是一個能言善道的人，這個話題更是令他不知如何啟齒。

「合數人之力，扣一孺子而杖擊之，此舉成何體統……」

「壽雪。」

壽雪還沒說完，高峻忽然打斷了她的話。每次被高峻呼喚名字，總是會讓壽雪有種奇妙的感覺。他的聲音就像是寒冬中的和煦陽光，在幽靜中帶著幾分暖意。

「這種事情，不適合在宦官面前提起。」

壽雪一聽，不禁轉頭望向衛青。只見衛青微微垂首，臉上帶著笑意。

「我沒事。大家，請勿掛念。」

壽雪見了衛青的表情，這才豁然醒悟。衛青從前一定也受過相當嚴重的虐待，這輩子不願再想起。

「……吾之過也。」

衛青抬起了頭，表情顯得有些驚訝。似乎壽雪的道歉反而讓他感到頗為彆扭。

「飛燕宮有宦官的幽鬼？」

高峻淡淡地問道。壽雪經常暗想，眼前這個男人的聲音未免太過輕柔了些。以皇帝而言，那樣的聲音稍嫌太平和、太溫慈。高峻明明有一張精悍的臉孔，甚至以冷酷來形容也不為過，眼神卻是如此謙和，舉手投足亦是如此沉著而老成。

壽雪心裡很清楚，高峻雖然外表溫厚柔和，其實內心裡燃燒著宛如寒冰般的憎恨之火。然而高峻很少將這一面表現出來。

「此幽鬼為哈彈族之子，手持青燕尾羽。」壽雪解釋道。

「青燕……在後宮所有鳥禽之中，那是特別美麗的一種鳥。偶爾會有妃嬪以其羽毛製作成髮飾或佩飾。」

「汝亦曾留心女人飾物？」

壽雪不禁感到有些意外。原本以為高峻是個對女色絲毫不感興趣的人。「嗯……」高峻含糊應了一聲。

遠處傳來了夜巡宦官的報時聲。高峻聽見那聲音，旋即站了起來，似乎已打算要告辭。

「有個妃子近來臥病不起，朕得去探望她。」

「汝欲何往，何必告吾？」

「難得妳邀朕來，朕不能久待，心裡有些過意不去。」

「不過有事相詢，誰要汝久待？」

「朕很想跟妳多聊聊，畢竟我們是摯友。」

壽雪見高峻說得一臉嚴肅，一時不知該說什麼才好。高峻那一雙眼神實在太過真誠，讓自己甚至不好意思說些酸言酸語。

「……何為摯友，吾實不知。」

「嗯，朕也是。」

壽雪說得無奈，高峻卻是平淡以對。

「既然妳跟朕都不瞭解，那我們就一起慢慢摸索吧。」

高峻從懷裡取出一只錦囊，放在壽雪的手上。一開囊口，旋即飄出一陣甜香。裡頭裝的原來是蜜餞蓮子❹。帶著薄薄糖衣的蓮子，牢牢吸住了壽雪的目光。

「朕最瞭解妳的，大概只有吃的方面而已。」

蓮子是壽雪最愛的食物之一。高峻每次來訪，幾乎都會帶些乾果、飴糖、蜜糕之類的食物，每一種都好吃到令壽雪回味無窮。

壽雪分明將那錦囊緊緊抱在懷裡，卻仍是瞪著高峻說道：

「汝以為此物可收買吾心？」

「朕只是想看看摯友開心的表情。」

「……」

不知道他是真的打從心底這麼想，抑或是隨口說說……不，高峻這人說話，從來不會只是隨口說說。壽雪沒辦法表現得像高峻那麼直率，此時心中尷尬不已，只能將視線移開。

壽雪的身分，就像是軟禁在夜明宮內的囚犯，而皇帝，也就是夏王高峻，正是令壽雪無法離開夜明宮的理由。

夏王與冬王就像是一體兩面的關係。沒有冬王就沒有夏王。然而二王並立的事實，卻在歷史中遭到了掩蓋。夏王變成了皇帝，冬王則變成了烏妃。從前的堂堂冬王，如今卻只能以烏妃的身分為掩飾，為了鞏固皇帝政權而深居於後宮之中。

每當面對高峻時，壽雪心中總是會燃起一股對不平等境遇的憤怒與絕望。然而最能夠為自己分憂解愁的人物，卻也是高峻。高峻對壽雪伸出了手，獲得了壽雪的接納。對壽雪來說，高峻是人生中唯一的救贖，唯一的希望之光。

壽雪緊咬嘴唇，仰望高峻說道：

4 以砂糖醃漬的蓮子。

「……吾不知如何讓汝開心。」

「妳想讓朕開心？」

高峻睜大眼睛，似乎壽雪這句話令他感到有些意外。他的表情很少像這樣出現變化。

「朕……幾乎不曾為什麼事情感到開心。」

高峻認真想了一會兒後說道。

「在努力追求的過程中，朕漸漸迷惘了。」

高峻呢喃似地說出了真心話。他的一生到目前為止，從來不曾真正感受到喜悅或快樂。過去這是因為不希望被那心狠手辣的皇太后抓到弱點，然而如今皇太后已不存於世，他卻仍感到迷惘。

「……雕鳥之時，汝貌似樂在其中。」

高峻有一雙靈巧的雙手，很擅長木雕。在高峻小時候，有個與他相當親近的宦官教導了他木雕技巧。

「是嗎？」高峻沉吟了起來，以指尖輕撫下巴，一會兒後說道：「好像是這樣沒錯……謝謝妳告訴朕這件事。」

高峻微微一笑。他難得露出這樣的笑容。或許此時的他，正感到「開心」也不一定。

「朕過幾天會再來。飛燕宮宦官那件事，只要查出了眉目，朕會派使者來通知妳。」高峻說完這句話，起身走出殿舍。十多名宦官一直守在門外。平常高峻造訪夜明宮，身邊只會帶衛青同行，但今天高峻還得去見別的妃嬪，所以才會有這麼大的排場。

衛青原本應該要跟在高峻身後走下臺階，此時卻走回壽雪身邊，以極快的速度說道：

「烏妃娘娘，您似乎很掛心那受到杖責的宦官，但我勸您不要把這件事放在心上。」

「何出此言？」

「如果娘娘沒有打算要一直照顧這名宦官，最好還是別出手干預，否則對那宦官來說也不是一件好事。」

衛青迅速說完，便一如往昔像影子一樣跟隨在高峻身後離開了。壽雪愣愣地站在門口，看著一行人的背影。

隔天早上辰時，高峻派來了一名使者。那使者正是溫螢。

「下官帶來了衛內常侍交付的書簡。衛內常侍說，這裡頭寫的是先帝時期的飛燕宮宦官名冊。」

壽雪攤開那書簡一看，裡頭以工整的字跡寫著一大串人名。似乎是衛青親自抄寫下了名冊的內容。通篇不僅字跡工整漂亮，而且連墨色的濃淡也完全一致，由此不難看出衛青這個人的性格。

「名字的下方寫的是目前的執勤地點。」

「原來如此。」每個名字的下方確實寫著「泊鶴宮」、「內府局」之類的宮局名稱。

「那被處死之人……」

「他叫俞依薩。」

「唔，便是此人？」

俞依薩這個名字的上頭被衛青以朱墨打了個記號，底下什麼也沒寫，給人一種說不上來的淒涼感。

「既是如此，吾便以此名冊為據，探問俞依薩之事。」

「您要親自訪查？」溫螢吃了一驚，瞪大眼睛說道：「這上頭至少列了三十個人。」

「不必一一探訪。便在同一宮內，每人各司其職，師父亦不相同。吾當先問出誰與俞依薩以同一人為師父。俞依薩之事，此人必定知悉。」

壽雪抬起頭來，朝著跪在旁邊的溫螢問道：

「此名冊中，有汝熟悉之人否？」

溫螢朝著名冊迅速瞥了一眼，點頭說道：

「只有這『史顯』，下官與他有些交情。」

那名字的下頭寫著「鴛鴦宮」，即鴦妃花娘所住之宮。壽雪於是轉頭朝九九說道：

「九九，隨吾往鴛鴦宮。」

九九喜孜孜地開始準備更換的衣物。壽雪走進帳內，看見原本收在櫃子裡的桃紅色衫襦及榴紅色長裙都被九九拿出來放在托盤上。這些都是花娘餽贈的衣物。由於自己向來只穿黑色衣物，因此花娘似乎將幫壽雪搭配衣物當成了一大樂事。

「溫螢。」

壽雪一邊讓九九幫自己更衣，一邊朝著帳外的溫螢問道：

「汝在後宮，向在衛青配下？」

「是的，下官一進後宮，便以衛內常侍為師父。」

「衛青應不曾毆打雛兒？」

「從來不曾。」

溫螢是個說話惜字如金的人。壽雪看著九九幫自己換上的衣服，接著問道：

「……若汝受杖責，願蒙他人相救？」

跪在帳外的溫螢沉默了半晌。溫螢是壽雪的護衛，昨天應躲在某處親眼目睹了壽雪拯救受杖責的衣斯哈。

「這得看師父是個什麼樣的人。」

溫螢緩緩說道：

「有些師父在虐待雛兒時如果遭到阻撓，反而會變本加厲。」

溫螢說完之後，又趕緊補了一句：「飛燕宮那師父曾受娘娘警告，應該是不敢才對。」

壽雪正是因為擔心發生溫螢所說的狀況，所以才刻意恫嚇那師父。那恫嚇如果能發揮效果，當然沒有問題，但倘若那師父的性格比預期更加惡劣……

壽雪深深嘆了一口氣。

「娘娘不必多慮，雛兒的處境向來是如此。」

平日沉默寡言的溫螢或許是基於關心，接著又說道：

「下官只是特別幸運，師父是衛內常侍。」

「……汝幾歲入後宮？」

「十六。」

「噢？吾以為應更早些。」

淈螢雖然面有刀疤，依然不減其俊美。壽雪原以為他應該是因為相貌之故，在幼年時期就被帶進了宮中。

「下官在十六歲之前，一直在鵶幫當雜耍師。」

「鵶幫……那擅於歌舞的雲遊藝人集團？」

「原本鵶幫是在沿海地區祝禱漁船滿載而歸的巫覡，但如今大多數的鵶幫都已演變成了街頭表演團體，有些還會受富商大賈或士大夫包養。」

淈螢從前所待的鵶幫，正是受某官府判官所包養的表演團體。

「汝曾為雜耍師，無怪乎身手矯捷。」

「下官得以在衛內常侍的配下，也是因為這個緣故。」

這就是所謂的一藝在身，受用無窮吧。但淈螢為什麼會從雜耍師變成宮裡的宦官？壽雪心中好奇，但不認為這種事可以隨口詢問。每個宦官都有各自的苦衷，不管是衣斯哈還是淈螢都一樣。

九九為壽雪繫上腰帶後，壽雪走出帳外。

「有汝在，或能令史顯卸下心防。願汝亦隨吾一往。」

溫螢答應了，於是壽雪帶著九九及溫螢走向鴛鴦宮。

白色的鵝卵石輝映著耀眼的晨曦，錦鞋踏在鵝卵石上，不斷發出窸窣聲響。皮膚依然能感受到清晨的涼爽，太陽距離中天還很遙遠。

鴛鴦宮的月月紅已過花期，僅枝葉之間還有幾朵尚未凋謝。年華老去的花朵雖然已不再水嫩鮮麗，卻多了一股成熟的妖豔之美。

通往殿舍的一路上鋪滿了光滑的鵝卵石，有如水面一般散發著熠熠光彩。壽雪走在上頭，不一會兒便看見花娘從殿舍的門中走了出來。

「歡迎妳，阿妹。」

花娘走下臺階，臉上帶著爽朗的笑容。在她的背後跟了一大群侍女，有的手持翳扇，有的舉著華蓋。

花娘身穿淡藍色繡花衫襦及青瓷色長裙，給人一種薰風般的清涼感，飄散著薄荷的淡雅香氣。她的年紀比壽雪大了十歲左右，或許是因為這個緣故，她一直把壽雪當成妹妹看待。她曾說過她有個么妹，年紀和壽雪相仿。她總是親切地喚壽雪為「阿妹」，並希望壽雪稱她為「阿姊」。

「這套衣服很適合妳呢。我早說妳穿桃紅色應該會很好看。下次我們以生絹做一件鮮藍色的外衣吧。現在這個季節應該會很合適。啊，或許挑選古銅色之類暗沉的顏色也不錯。」

「敬謝不敏。」

壽雪皺著眉頭回絕，但花娘從不把自己的話放在心上。她總是擅自製作了衣物後送來，壽雪也不好意思堅持不收。

「快進來吧，一起喝杯茶……」

「吾非為茶而來，只欲見汝宮內一宦官。」

花娘正走上臺階，一聽壽雪這麼說，轉頭問道：

「宦官？妳想見哪個宦官，我去叫來。」

「不必，吾自往見……此宦官名為史顯，可知他在何處？」

壽雪環顧四周。旁邊雖然隨侍著幾名宦官，但似乎都不是史顯。那幾名宦官互相對看一眼，其中一人說道：「現在這個時間，史顯應該在後殿準備薰香。」

「帶路。」壽雪說道。

一行人於是穿過迴廊，繞到鴛鴦宮的後方。在花娘居住的殿舍後頭，有幾座較小的殿舍，用來保管及存放隨身配件、生活雜物、香料及各種文書典籍。

「他應該正在裡頭準備娘娘房間所用的薰香。」

宦官走向其中一座殿舍。那殿舍的建築風格與其他殿舍不同，地板採挑高設計，梁柱為井桁結構，似乎是為了防止潮濕。

「史顯，你在嗎？」

那宦官一邊開門，一邊朝裡頭喊道。門內排列著無數的櫃子，一名宦官正蹲在櫃子之間，旁邊擺著托盤，盤內有只小盒子，盒蓋並未掩上，可看見裡頭有小小的木片。壽雪每天也會薰香，因此對這香木相當熟悉。

「史顯，烏妃娘娘有話問你。」

那名叫史顯的宦官蓋上小盒子的盒蓋，將托盤推向一邊，轉過了頭來。

史顯看起來相當年輕，約二十出頭。雖身材高大，但四肢細瘦，給人一種弱不禁風之感。他的臉孔細長而削瘦，但眼神溫潤柔和，儘管相貌不出眾，但給人相當好的印象。

史顯來到壽雪的面前跪下行禮，說道：「小人史顯，聽候娘娘差遣。」

「溫螢。」壽雪呼喚身後。溫螢立即走到壽雪的身邊，下跪拱手說道：「娘娘。」

「此人即汝所知史顯？」

「是的，娘娘。」

壽雪點點頭，對著史顯說道：

「擾汝勤務莫怪，吾有數語相詢，還請撥冗一談。」

壽雪說完便走出殿外。史顯將準備好的香木交給帶路的宦官，對著壽雪正要下跪，壽雪伸手制止，在殿舍臺階處坐下，朝溫螢問道：

「汝兩人如何相識？」

「下官亦曾經在鴛鴦宮當差。」

溫螢回答。壽雪心想，他曾說自己一入宮就在衛青配下，就算調到鴛鴦宮當差，多半也是為了調查事情吧。但這句話當然不便詢問，壽雪只說了一句「原來如此」，便將視線移向史顯。

「吾欲問汝飛燕宮之事。」

「飛燕宮……？」

史顯一臉詫異地說道：「娘娘指的是先帝時期的……」

「是也。據聞汝於飛燕宮當差，可知一宦官名俞依薩？」

史顯吃驚地瞪大了眼睛。由這反應看來，他一定還記得。畢竟是遭處死的宦官，應該會留下深刻印象吧。

「……小人記得。」

史顯的聲音變得低沉，不知是感傷還是哀悼。

「他還是個孩子，卻遭到處死。」

「罪狀為何？」

「咦？」

「因何罪名而遭處決？」

史顯驚惶不安地說道：

「那時候……小人自己也還是個孩子……詳情並不清楚……」

「汝與俞依薩以同一人為師父？」

「不，我們的師父並非同一人……俞依薩的師父是汪文。」

壽雪從懷裡取出名冊確認。汪文如今任職於內府局。

「吾聞俞依薩與燕夫人有私情，此傳聞是真是假？」

史顯瞇起了眼睛，流露出一臉懷舊的表情。

「當時我們都還只是孩子，稱不上什麼私情……俞依薩確實仰慕燕夫人，但燕夫人是雲上之人，身分和我們天差地遠。」

「俞依薩曾獻鳥羽與燕夫人？」

壽雪問道。史顯一聽，不知為何竟臉色如土。

「何故遲疑？」

「沒、沒什麼……」史顯跪下拱手，將臉埋在袖中。「小人只是，有點不舒服……」

壽雪起身上前，拉開史顯的手。只見史顯一臉蒼白，面無血色。「吾讓汝站立答話，反令汝身體不適……此應是貧血所致，汝可躺下休息。」

壽雪命九九尋找可充當枕頭之物，九九找來一大塊布，壽雪將布墊在史顯的頭下，讓他躺著不動。過了一會兒，史顯的臉色才逐漸恢復紅潤。壽雪凝視著他的臉，繼續問道：

「史顯，汝可知飛燕宮有幽鬼出沒之事？」

史顯微微睜開雙眼。

「此幽鬼即俞依薩，汝可知之？」

史顯緩緩搖頭。壽雪點頭不語。

接著壽雪將史顯交給鴛鴦宮的宮女及宦官照顧，走出了宮外。

「往內府局見汪文。」

壽雪心想，汪文既是俞依薩的師父，應該對內情最為清楚。何況他既然是俞依薩的師父，俞依薩遭斬首，他應該也會連帶受罰。

「……娘娘，史顯他……」

「無須多言。」溫螢一句話還沒有說完，已遭壽雪打斷。

「待問完汪文，再來問他不遲。」

壽雪早已看出，史顯必定隱瞞了一些事情。但一來史顯如今身體不適，二來強行審問也不見得能問出實情。

與其繼續追究，不如先從其他人下手。

當前的重點，是盡可能從汪文的口中多問出一些真相。

內府局、宮闈局等宦官部門皆在後宮的南側角落，受一土牆環繞。汪文所任職的內府局，主要負責後宮燈火，此外也負責管理後宮的幔幕及簾帳。

一行人踏進內府局，首先看見的是一排排的棚架，擺滿了大量的蠟燭、燭臺及油壺，許多宦官忙碌地走來走去。道具是否有缺，數量是否正確，都必須再三確認。後宮內光是吊燈就有數百盞，入夜之後都要一一點上，宦官們的忙碌程度可想而知。每天一到晚上，整座後宮總是燈火通明，唯獨夜明宮是一片漆黑。

壽雪喚來附近一名宦官，要他去找汪文。不一會兒，汪文自房間後頭小跑步來到壽雪面前。這個人約四十出頭年紀，動作相當俐落，但一對窄小的眼睛不停眨動，顯得性情急躁，一副靜不下來的樣子。或許是因為聽到有妃嬪找自己問話，而且還是宮中最神祕的烏妃，他的表情看起來相當忐忑不安。

「汝記得俞依薩否？」

壽雪開門見山地問道。汪文一聽到這個名字，臉色登時變得相當難看，說道：

「怎麼可能忘了？當初他是小人負責照顧的雛兒。」

「他因何罪遭處死？」

「……鴞罪。」

壽雪一聽，不禁有些錯愕。完全沒料到竟然會是這樣的罪名。所謂的鴞罪，指的是殺鳥之罪。鳥禽是烏漣娘娘的眷屬，捕殺鳥禽在後宮被視為大忌。

「俞依薩殺了一隻青燕，所以遭處斬刑。」

汪文嘆了一口氣，接著說道：「小人身為他的指導者，也受到了杖責，還被轉調到這種雜務部局……真不曉得小人到底做錯了什麼……」

壽雪無視汪文的滿腹牢騷，繼續問道：

「俞依薩何故捕殺青燕？」

「他為了討好燕夫人，想要獻鳥羽，卻不小心把青燕弄死了。」

不管是誤殺還是蓄意殺害，殺鳥就是死罪。

「小小一個宦官，卻妄想得到妃嬪的青睞，還為了私慾而殺死鳥禽，當時的皇后大發雷霆……當場下令處斬。沒有遭判車裂之刑，已經算是運氣不錯了。」

當時的皇后，就是曾經廢去高峻的太子地位，不久前遭到處死的皇太后。若要比較為了私慾而濫殺無辜的行徑，皇太后絕對是有過之而無不及。壽雪的心裡燃起一股怒火，但皇太后已不在人世，這股怒火亦無處發洩。

「俞依薩臨刑前有何言語？」

「他什麼話也沒說……」汪文搖頭說道：「只是難過地哭個不停。」

「原來如此。」

壽雪不禁感到心情沉重，腦海中浮現了站在燕子花花叢中的幽鬼身影。壽雪接著又詢問汪文：「俞依薩是否曾以哈彈族語致歉？」

「這個嘛……小人不懂哈彈族語，所以並不清楚……」

汪文不停眨著眼睛，神情緊張地問道：

「敢問娘娘，為何追查此事？當年這件事，發生了什麼問題嗎？」

「汝勿驚疑，吾查此事僅為自娛，並無他意。」

汪文依然顯得惴惴不安。壽雪命他退下，出了內府局。

壽雪打算回到鴛鴦宮，於是沿著原路往回走。出了內府局的土牆後，周邊一帶可看見好幾座殿舍。其中一座是任職於各部局的宦官們的宿舍。新進後宮的宦官們都會先被發派到這裡來，待在陳人❺的身邊打雜，適應後宮生活。

經過宿舍門口時，壽雪偶然看見一名矮小的宦官雙手抱膝，孤零零地蹲在門邊。

「……咦？」

壽雪走上前去。宿舍的牆壁原本應該是白色，但因為太過老舊，如今已滿是塵埃及黴汙。那名宦官就倚靠著牆邊蹲著。

「衣斯哈……」

那宦官聽見呼喚，吃驚地抬起頭來。只見他眼眶紅腫濕潤，正是衣斯哈。

「烏妃娘娘……」衣斯哈趕緊吸了吸鼻子，雙手在臉上一抹，朝著壽雪下跪行禮。

5 資深宦官。

「為何獨泣於此？」

壽雪拉起衣斯哈，拂去他膝蓋上的塵土。衣斯哈緊張得全身僵硬，也不敢再哭泣。

「汝為何不在飛燕宮？」

衣斯哈被壽雪這麼一問，眼淚又快要掉下來。

「師……師父把我趕出來……他說……沒辦法再指導我……」

「什麼？」

難道是因為自己多管閒事？壽雪頓時感覺到一股涼意自腳底向上竄升。當初的恫嚇或許完全沒效，也或許太過有效，才導致了這樣的結果。總而言之，這絕非壽雪的本意。

「吾之過也。」

壽雪說道。衣斯哈用力搖晃脖子與雙手，說道：「這怎麼會是烏妃娘娘的錯？都怪我亂說幽鬼的事，讓師父擔心害怕……這都是我自己不好……」

衣斯哈說完之後，又是一副楚楚可憐的模樣。他越是這麼說，越讓壽雪感到自責。

「師父似乎真的很害怕……害怕幽鬼也害怕烏妃娘娘……」

衣斯哈說到一半，不敢再說下去，趕緊低下了頭。

壽雪心想，果然是當初的恫嚇做得太過火了。

「雛兒遭逐，可往何處去？」壽雪轉頭詢問溫螢。

「若是這般，雛兒必須回到這裡幫陳人打雜。等過一陣子，上頭會另外指派師父。」

溫螢想也不想地說道。似乎這樣的狀況並不罕見。

「原來如此……」

「但是……曾經遭師父驅逐的雛兒，往往會遭受到較嚴苛的對待。」

衣斯哈雙唇緊閉，壽雪也沉默不語。

「溫螢哥……你何必說得那麼可怕呢？」九九拉了拉溫螢的袖子，語氣中帶了一點責怪之意。

「這是事實。」溫螢無奈地說道。

「……汝放寬心，吾可託高峻……不，託衛青妥善安排。汝天資聰慧，不論派往何處，必定受到重用。安排停當之前，先在吾宮便是。」

衣斯哈抬起了頭，雙頰因興奮而泛紅，與剛剛臉色蒼白的模樣截然不同。

「謝……謝謝娘娘！」

「何不乾脆就讓他當我們夜明宮的宦官？」九九滿懷期待地說道。

壽雪搖頭回答：「夜明宮不需要宦官。」

壽雪原本就過著獨居生活。身邊的人再增加下去，絕對不是一件好事。烏妃本來就應該是一個人。不得朋黨，不得群聚。當初麗娘是這樣，自己也應該要這樣。

更何況……讓衣斯哈成為烏妃的宦官，未免太可憐了。要他一天到晚與幽鬼為伍，他應該也會心生恐懼吧。跟在其他妃嬪的身邊，就不會有這種煩惱。

壽雪默默地想著，驀然發現衣斯哈正看著自己。

「為何如此覷吾？」

「對……對不起！請娘娘恕罪！」

衣斯哈趕緊低下了頭。

「何罪之有？」

宦官凝視妃嬪是很失禮的舉動，但壽雪並不在意。

「我只是覺得……烏妃娘娘的眼睛很漂亮……」

「是嗎？」壽雪淡淡一笑。「麗娘……前任烏妃亦曾說過。」

壽雪邁步而行。衣斯哈又忍不住直盯著壽雪的側臉。溫螢及九九都跟隨在壽雪的身後。

「娘娘的眼睛這麼美……哪有什麼妖魔……」

衣斯哈以哈彈族語咕噥了這句話之後，趕緊從後頭跟上。

壽雪來到鴛鴦宮附近，不想再驚動花娘，因此從後門入宮。她叫來附近一名宦官，詢問史顯的狀況。

「史顯已經沒事了，如今正在殿舍後頭磨茶葉。」

剛剛那棟後殿的後方，有一座小小的中庭。那裡擺著桌椅，史顯正在桌邊以茶碾子磨著茶葉。旁邊蹲著一名年輕的宦官，正將茶葉放入鍋釜煎炒，除去裡頭的水分。茶葉剛開始的時候是一大塊的狀態，必須經過炒、磨、篩的步驟，才能夠煮成茶。

周圍一帶瀰漫著炒茶葉的香氣，以及磨碎茶葉時散發出的青草味。兩名宦官一看見壽雪，立即起身行禮。

「福兒，你去找個人來代我磨茶。」

史顯朝年輕宦官說道。那名叫福兒的宦官卻皺起眉頭道：

「宮女們都說，茶葉一定要是史顯哥磨的才行。要是被她們知道，我會遭到責罵。」

顯然這史顯有著一手高明的磨茶葉技術。「放心，我會親自道歉。」史顯說完，將福兒趕出中庭。接著他轉身朝著壽雪跪下，說道：

「小人惶恐，方才在娘娘面前露出醜態。承蒙娘娘沒有怪罪，還在一旁照看小人，小人感激涕零。」

「已無恙否？」

「託娘娘的鴻福，小人已無事。」

「吾僅讓汝躺下歇息，並無照看之功。」

壽雪走向桌邊，看著茶碾子說道：「汝擅磨茶？」

「夫人說小人磨的茶煮起來特別芬芳，因此總是把這個工作交給小人。」

壽雪想起了衛青是個煮茶高手，如果讓他來煮史顯所磨的茶，肯定會特別美味。也許該把這件事告訴高峻。但壽雪轉念又想，或許高峻早就喝過了。

福兒找來了另一名宦官來代替磨茶，史顯於是在前領路，將壽雪等人帶往位在偏遠處的一座殿舍。那殿舍的外觀相當簡樸，似乎是宦官的宿舍。

史顯將一行人領進一間房間，恭請壽雪就坐。槅扇窗的旁邊有一張小小的桌子及兩張椅子，牆邊有一張床，除此之外房內沒有任何東西，看起來樸素整潔。溫螢、九九及衣斯哈都站在壽雪的背後，與史顯正面相對。

自槅扇窗透入的陽光，讓飄在空中的細微塵埃閃閃發亮。陽光照不到的牆邊附近，則形成了淡藍色的陰影。史顯明明置身在柔和的陽光之中，卻給人一種站在陰影中的感覺。

「吾見汪文，彼言俞依薩殺青燕，其言為真？」

壽雪又是問得開門見山。

史顯低頭說道：「確實是如此。」

他剛剛明明說「自己也還是個孩子，詳情並不清楚」，此時似乎終於打算說出實情了。或許正因為如此，才把壽雪帶到沒有人的房間裡。

「彼欲獻鳥羽與燕夫人？」

「是的……起初他只是撿到了一根青燕的尾羽。那羽毛很漂亮，俞依薩擦掉上頭的汙泥，獻給燕夫人……燕夫人是位相當仁慈的娘娘，對年幼的俞依薩及小人特別關心。或許也是因燕夫人自身的年紀也很輕的關係。那時候燕夫人好像才剛滿十五歲而已，個性天真爛漫，經常發出爽朗的笑聲。以名門世家的千金大小姐來說，實在是相當罕見。」

史顯說到這裡，臉上露出了笑容。那是一種同時帶著懷念與悲傷的笑容。

「如果是燕夫人的話，一定也會在小人倒地昏厥的時候伸出援手吧。」

史顯抬頭望向壽雪。或許正因為這樣的念頭，讓他決定要說出這件往事中暗藏的祕密。

「……燕夫人看見俞依薩獻上的燕羽，開心得不得了。夫人只是把那羽毛拿在手裡把玩欣賞，並沒有將它製作成髮飾。當時的燕夫人還不到對珠寶玉器感興趣的年紀，比起漂亮、美麗的東西，她更喜歡稀有、罕見的東西。自從那次之後，俞依薩只要一有空閒時間，就會到處尋找掉落在地上的鳥羽。後宮的森林裡要找到鳥禽的羽毛並不困難，但俞依薩想要找到最漂亮、最罕見的羽毛。」

史顯此時輕輕嘆了一口氣。

「過了一陣子，他開始嘗試捕捉鳥禽，拔取羽毛。他總是使用籠子或網子，小心翼翼不傷害鳥禽，也不讓羽毛受損。每當抓到稀有的鳥禽，他就會跑來告訴我。但是……」

史顯垂下了頭，看著自己的腳下，表情有一半被陰影覆蓋。

「俞依薩越捉越是起勁，但燕夫人拿到羽毛卻漸漸不再那麼開心。俞依薩每獻上羽毛一次，燕夫人的喜悅就降低一分。到了後來，燕夫人甚至會露出困擾的表情。她已經膩了，剛開始覺得美麗的鳥羽很稀奇，但後來已漸漸習以為常。一旦失去了興趣之後，就算拿到再怎麼罕見的羽毛，那也不過就是羽毛而已。但燕夫人心地善良，她從來不會說出『已經膩了』這種話。她只會告訴俞依薩『可以不用再拿來了』，但從來不會強硬拒絕。每當俞依薩獻上羽毛，她總是帶著困擾的表情將羽毛收下……因此俞依薩從來不曾察覺。不，或許是故意假裝沒有察覺也不一定。總而言之，俞依薩變得更加熱心地追捕鳥兒。」

史顯垂下了頭，以顫抖的聲音說道：

「當年我實在應該阻止他才對，但我並沒有這麼做。我不僅沒有勸阻他，反而一直在旁邊幫忙。我看他拚了命捉鳥，既沒有辦法勸他放棄，也沒有辦法對他置之不理。獻上鳥羽給燕夫人，是俞依薩唯一能夠親近燕夫人的機會。因此俞依薩死命地抓著這層關係，說什麼也不肯放手。我非常能夠體會他的心情，所以沒有阻止他……如果我能夠及時阻止，就不會發生後來的悲劇了。」

史顯接著描述，有一次俞依薩設網捕捉青燕，卻把青燕害死了。

「他把網子架設在樹枝之間，一隻青燕被捲住後，拚命掙扎而折斷了翅膀，最後衰弱而死。當我們發現時，青燕頭下腳上地垂掛在網子上，網子裡及地面上滿是青燕掙扎時脫落的羽毛……俞依薩整個人傻住了，只是愣愣地看著青燕的屍體，似乎受了相當大的打擊。我勸他先把屍體放下來再說，他依著我的話，默默解開了纏繞在鳥腳上的羽毛。雖然殺鳥是死罪，但當時只有我們兩人在場，只要我們不說出去，絕對不會有人知道。我告訴俞依薩，我們把牠埋了，好好祭拜牠。俞依薩什麼話也沒有說，我以為他同意了，沒想到他竟然……」

史顯嚥了一口唾沫，搖頭說道：

「俞依薩竟然捧著那冰冷的青燕屍體……跑去找燕夫人……」

「什麼？」

原本壽雪只是默默聽著，完全沒有插嘴，此時忍不住問道：

「彼以青燕之屍首示燕夫人？」

「是的。」

「何做此舉……」

「當時俞依薩為何這麼做，我也不明白。」

史顯勉強擠出了聲音。

「但是我相信，青燕的死對俞依薩造成了相當大的衝擊。他捧著屍體跑得不見蹤影，我心裡以為他應該是想要找地方掩埋屍體，也不以為意，只是忙著把網子拆掉。當我回到宮裡時，已經太遲了。聽說那時候燕夫人剛好在庭院裡，俞依薩走到燕夫人身邊跪下，以雙手高舉青燕的屍體，哭著說『我害死了牠』。」

壽雪愕然無語。這麼做簡直是自殺的行為。

「燕夫人大聲尖叫，逃進了殿舍裡。俞依薩也遭逮捕，打入了擒獄。」

擒獄……專門用來關押宦官的監獄。

「案子連審也不用審，犯嫌已經自己招供了。」

俞依薩於是遭到了處刑。

史顯的雙手在身體前方交握，手掌微微顫抖。

「在俞依薩遭處刑之前……小人每天都很害怕。」

壽雪抬頭凝視史顯的臉孔。「害怕？」

史顯點點頭，臉孔逐漸轉為蒼白。壽雪擔心他又身體不適，起身想要關心，史顯已搶先一步說了一句「小人沒事」，只是聲音相當虛弱。

「吾尚有話問汝，汝可速坐，勿致昏厥。」

壽雪故意皺起眉頭如此說道。

史顯只好在壽雪的對面坐下，但依然臉色慘白地凝視著自己的手掌。

「……小人害怕俞依薩把小人的事情也供了出來。」

「供汝何事？」

「害死了青燕的那道陷阱，是小人與俞依薩一同裝設的。我們一起把網子掛在樹枝上。因此那青燕的死，小人也脫不了關係。小人擔心俞依薩會為了減輕他自己的罪責，把小人的事情給供出來……」

史顥按著自己的額頭，垂首說道：

「俞依薩遭到處刑，小人心裡既驚恐又難過……但是另一方面，小人又擔心自己也會遭到處刑……小人甚至忍不住期盼俞依薩趕緊被處死，才不會供出小人的事情……小人一直在期盼著那一天的到來……」

史顥越說越激動，蒼白的臉上冒出了汗滴。

「俞依薩是小人的朋友。我們在同一時期進宮，而且年齡相同。每次遭師父責打，我們總是互相安慰打氣……但是現在，小人已沒有資格當他的朋友。」

史顥彎下了腰，以雙手摀著臉。

照射在他背上的陽光既明亮又刺眼，讓壽雪忍不住低下了頭。

「……吾亦懼死，誰人不懼？」

壽雪呢喃說著，伸手撫摸自己的髮髻。原本的銀髮，如今已染得黝黑。壽雪身為前朝的倖存者，多年來一直是躲躲藏藏，活在恐懼之中。死亡是一件多麼令人害怕的事情。

「懼死非汝之過，但悔之可也。懊悔之苦，猶如刑罰。吾今尚能苟活，亦受此刑罰之故。」正因為承受著懊悔的刑罰煎熬，自己才能以烏妃的身分繼續活下去。這是當年對母親見死不救的刑罰。

史顯抬起頭，凝視壽雪好一會兒。兩人彷彿能夠互相感受到棲息在對方胸中的罪惡感。史顯臉上緊繃的表情逐漸變得柔和，笑容中帶著三分的哀戚。

「是的……娘娘說得沒錯，謝謝娘娘的教誨。」

史顯淡淡說道。他的表情及聲音都已恢復了冷靜，雙眸變得寧靜而清澈的同時，也流露出疲乏困頓之色。雖已事隔多年，但共謀殺害鳥禽畢竟是重罪，有可能遭追究罪責。史顯選擇將真相和盤托出，或許也是不想再繼續隱瞞下去了，寧可坦承一切，放下心中的重擔。

壽雪轉頭望向槅扇窗，半晌後又轉過頭來，說道：

「俞依薩生前曾言『對不起』？以哈彈族語……」

「哈彈族語嗎？俞依薩教過小人幾句哈彈族語，但好像沒有『對不起』一句……」

「衣斯哈。」壽雪轉頭望向身後。衣斯哈趕緊挺直了腰桿。

「汝試言之。」

「是。」衣斯哈應了之後，說出了幾個音。史顯一聽，登時瞪大了雙眼。

「這句話，小人記得很清楚……當年俞依薩不斷對著死去的青燕呢喃細語，說的就是這句話。」

——對不起……對不起……

原來這句話是對青燕說的。

「俞依薩害死青燕，故深謝之？」

史顯垂首說道：

「原來俞依薩是為了贖罪，才主動說出害死青燕的事情……」

「……誤殺幼鳥，方悟己之不智。」

為了討燕夫人的歡心，為了得到親近燕夫人的機會，為了讓燕夫人喜歡自己，為了看見燕夫人的笑容……俞依薩逐漸踏入了那錯誤的深淵。當他驚覺不對時，已經鑄下了大錯。

該怎麼做，才能將這樣的幽鬼送往極樂淨土呢？

活著的時候已經承受過煎熬，實在沒有必要在死後繼續受苦。壽雪以手指輕撫太陽穴，陷入了沉思。想了一會兒，忽聽史顯喊了一聲「烏妃娘娘」。

「娘娘調查這件事，是為了拯救俞依薩的幽鬼？」

「能否救之，吾亦無甚把握。」

「不管是否成功，至少娘娘是有心要救他的。」

史顯站了起來，走向床臺。他蹲在床邊，從床臺底下抽出一只小盒子，打開盒蓋，取出盒中之物，又回到壽雪的面前。

史顯將那東西放在桌上。

「此物是……」

壽雪拿起了它，那是一根色澤純淨的靛青色羽毛。放在太陽光底下細看，顏色會微微變成碧綠色。

那正是一根青燕的尾羽。

「……這是那死去青燕的尾羽。小人本來想要丟棄，但一直狠不下心，總覺得俞依薩的心思還牽掛著它……」

「死去青燕之羽……」壽雪凝視那羽毛，半晌後轉身走向門口，說道：

「回飛燕宮。」

溫螢閃身上前，打開了房門。壽雪在走出房間之前，轉頭問史顯：

「汝亦隨吾去，何如？」

「但小人在鴛鴦宮當差，不得擅離崗位。」

「吾當問花娘借汝一往。」

壽雪立即前往花娘所在的殿舍，取得花娘的同意後，便離開了鴛鴦宮，史顯趕緊跟在後頭。當初離開夜明宮時只有三人，如今卻變成了五人，一行人朝著飛燕宮前進。這麼多人在飛燕宮內徘徊，燕夫人一定會聽到風聲，因此壽雪雖然嫌麻煩，也只能從正門口進入。

「妳就是烏妃娘娘？好……好可怕……」

壽雪在殿舍前方首次與燕夫人打了照面。燕夫人是個天真可愛的婦人，年紀似乎是二十出頭，或許更大一點，但言行舉止帶著一股稚氣。只見她以翳扇遮住了口鼻，戰戰兢兢地朝壽雪上下打量，難掩心中的驚恐。

「咦？妳想參觀我宮裡的庭院？當然沒問題，妳想看多久都行。」

說完這句話後，燕夫人轉身便想走入殿舍，但走了幾步，她又轉頭問道：

「我宮裡的庭院該不會有幽鬼吧……？我最怕那種東西了……」

只見她雙眉下垂，顯得憂心忡忡。壽雪見了那宛如少女般完全不帶心機的神態，忍不住揚起嘴角。這樣的女人，遠比自己惹人疼愛。

燕夫人見了壽雪的笑容，只是一頭霧水地猛眨眼睛。

「勿多疑，吾只欲一覽庭中燕子花。此花極美，吾深羨之，願得數株歸，望汝成全。」

「呃……沒問題、沒問題，妳要多少都沒問題。」

燕夫人緊張得滿臉漲紅，朝身旁侍女吩咐了一句「幫烏妃娘娘帶路」，便以翳扇遮住整張臉，轉頭奔進殿舍裡。名門望族的千金小姐，舉止卻是充滿了孩子氣。

壽雪早已把飛燕宮摸熟了，根本不需要侍女帶路，但還是安分跟在侍女身後。侍女將一行人帶到燕子花前，交給九九一把花剪，便離去了。

壽雪從頭髮上摘下牡丹花，輕吹一口氣。淡紅色煙霧飄到燕子花上頭，浮現出了俞依薩的身影。

「俞依薩！」

史顯大喊，但俞依薩的雙眸卻是文風不動。他的手裡依然握著一根青色羽毛。

壽雪從懷裡取出了史顯所給的青燕尾羽，以兩隻手掌夾住，朝著掌中輕吹一口氣。從她的指縫逐漸飄出了一縷靛青色的煙霧，那煙霧宛如不知該何去何從般，上下飄移了一會兒，逐漸凝聚在一起。

接著，那煙霧開始緩緩抖動，時而散開，時而聚合。壽雪伸手朝著那煙霧輕輕撩撥，煙霧便彷彿受到了指引一般，開始凝聚成形，變成了青色的塊狀物。那塊狀物上頭慢慢顯現出一根根的羽毛，組成了翅膀，隨之又出現了色彩特別濃豔的尾羽，筆直地翹起。

接下來又出現了鳥喙、鳥眼及鳥腳。那鳥兒發出清澈而尖銳的鳴叫聲，鼓翅飛上天空。侍壽雪伸出手指，鳥兒竟乖乖地降落在壽雪的手指上。

俞依薩的雙眸不斷凝視著那鳥兒，佇足在壽雪手指上那美麗的青燕。

壽雪的手指輕輕一動，青燕終於再度振翅高飛。

俞依薩神情驚惶地往前踏出一步，伸出了手。青燕在半空中繞了一小圈，朝著他飛落，停在指頭上，以那小小的爪子抓住了他的手指。

俞依薩將手舉高，正眼凝睇那青燕的臉。青燕將喙埋進了身上的羽毛裡，似乎是在整理羽毛。俞依薩的眼眶濕了，一滴眼淚滑過臉頰。他微啟雙唇，對青燕呢喃說著「對不起」。

俞依薩雖然過世了，心中卻依然惦記著這隻青燕。不小心害死青燕的懊悔，讓化為幽鬼的他遲遲無法離開此地。如今已到了該獲得解脫的時刻。

青燕離開了俞依薩的手指，振翅飛上天空，在高空中不斷盤旋翻舞，發出美麗的鳴叫聲，一會兒後，便化為一股青煙，與天空的顏色完全融為一體。雖然青燕已然消失，空中卻彷彿還殘留著其鳴叫聲的餘韻。

俞依薩抬頭仰望青燕消失的方向，身體顏色越來越淡。他低下頭來，輕輕吁了一口氣。

「俞依薩！」

史顯呼喚了他的名字。這次他終於轉頭朝史顯望來。俞依薩看著史顯，表情先是有些愕然，接著慢慢笑了開來。在笑聲之中，俞依薩似乎還低聲說了一句話，但是下一瞬間，一陣清風拂過，他的身影已完全消失。那輕柔的笑聲，依然在眾人的耳畔繚繞著。

青燕的羽毛落在燕子花的花瓣上。壽雪拈起羽毛，還給了史顯。史顯感慨萬千地凝視著那根羽毛。那上頭的靛青色是如此濃豔，有如夏天的蔚藍天空，帶著一種彷彿要將人吸入的深邃感。

「……剛開始的時候，他可能沒有認出史顯哥，所以才愣了一下。」

衣斯哈呢喃說道：

「但是當他認出史顯哥之後，他笑了，最後還說了那句話，你們聽見了嗎？」

「吾雖聞其言，不知其意。」壽雪說道：「此亦哈彈族語？」

「是的……他說的是『童喀基』。」

「童喀基？」

「意思是『摯友』。這是呼喚朋友時的話，類似『我的摯友啊』。」

史顯屏住了呼吸，凝視著那失去了俞依薩身影的燕子花花叢。他似乎低聲呢喃了一聲「俞依薩」，但聲音細微到幾乎聽不見，握著羽毛的手掌微微顫抖。

壽雪看著史顯手裡的羽毛，嘴裡以沒有人聽得見的聲音呢喃著：「摯友……」

這天晚上的二更❻，高峻造訪夜明宮，手上捧著一束小百合。

「汝亦有贈花之心？」

壽雪不禁有些吃驚。

「這不是朕要送妳的東西。」高峻的臉上帶著三分的困惑與三分的不悅。壽雪很少看他露出這樣的表情。

「是昌黃英要給妳的。」

「昌黃英？」

「就是燕夫人。白天妳是否與她見了一面？今天朕到飛燕宮，她要朕轉交給妳。」

壽雪的腦海浮現了燕夫人的表情。敢叫皇帝轉交東西，也算是膽子不小。不過壽雪並沒有說出口，因為自己也半斤八兩。

「聽說妳剪了一些燕子花給黃英？她看起來相當開心。」

「植於此間必枯死，不如贈還與她。況那燕子花本飛燕宮之物，何須回禮？」

「黃英似乎很喜歡妳。聽說妳白天對她笑了笑？」

「吾不記得有此事，或彼女曲解吾意亦未可知。彼女深懼吾，何言喜歡？」

「她原本認為妳是個神祕的妃子，故心中懼怕。今日一見，她似乎喜歡上妳了。」

「……此燕夫人頗異於常人？」

「名門閨秀，從小受到萬般呵護，有些不食人間煙火。她害怕成年男人，也害怕年紀比她大的女人。就連見了花娘，也是畏畏縮縮。朕的年紀比她小，她才不那麼害怕。她喜歡跟孩童、少女玩在一起。」

壽雪不禁心想，燕夫人的父母敢把這樣的女兒扔進後宮，不知道該不該算是大膽。

「何不於飛燕宮栽種黃英❼？」

「為什麼要做那種事？」

高峻露出打從心底感到詫異的表情。壽雪不禁搖頭嘆息。

「汝至今不曾贈菊與她？」

6 晚上九點至十一點。

7 菊花的別稱。

「……從來不曾。」

「汝為其夫，豈不知女人心？汝曾言吾不懂察言觀色，如今吾亦以此話告汝。」

高峻瞠目結舌，似乎一時不知該如何反駁。壽雪心想，花娘大概也對他說過類似的話吧。站在後面的衛青見高峻被說得啞口無言，氣得兩眼上吊，卻不敢開口說話。

高峻輕咳一聲，說道：

「……姑且不談這個，朕看妳似乎對婦孺特別溫柔體貼？」

「豈有此事？」

「妳在朕的面前露出笑容的次數寥寥可數，也不曾送花給朕。」

「汝亦如此，何獨說吾？」

「朕今天不是帶花來了嗎？」

「此是燕夫人之花，如何算得？」

高峻說起話來總是面無表情、語氣平淡，實在很難判斷他是在說真話，還是在開玩笑。根據以往的經驗，他似乎不是個會開玩笑的男人。但不管是不是開玩笑，總之應付起來相當麻煩。

「衣斯哈今何在？」

壽雪不想再扯這件事，決定改變話題。衣斯哈目前是交給衛青代為照顧。

高峻朝衛青瞥了一眼，衛青跪下說道：

「我讓他在凝光殿做些雜事。」

「此子資質聰慧，汝應知之？」

「是的……」

壽雪見衛青欲言又止，說道：「汝不喜此子？」

「倒也不是，只是覺得這孩子有些過於直率。」

「直率亦過失？」

「處事不夠圓滑，而且太沒有心機。」

衛青說得相當直白。

「唔……」壽雪沉吟道：「汝不欲此子在汝配下？」

「那倒也不至於，只不過……」衛青瞥了壽雪一眼，接著說道：「我沒有辦法保證他的性命安全。」

壽雪不禁皺起了眉頭。如今雖然皇太后已經不在了，但是待在皇帝的身邊，還是要承擔相當大的危險。

「何不就讓他在夜明宮？」

高峻問道。壽雪再度雙眉緊蹙，低頭不語。

「這裡一個宦官都沒有，應該相當不方便吧？」

「往日便是宮女也無，並無不便之處。」

「妳只是沒有察覺不方便而已，朕認為這裡應該多些人手。」

「……但吾……」

「曾經遭師父驅逐過的雛兒，不論到哪裡都會吃苦頭。妳是這件事情的始作俑者，應該要好人做到底。幫了一半就撒手不管，未免太不負責任了。」

高峻這番話雖然說得輕描淡寫，卻像一根針扎在壽雪的胸口。回想起來，衛青也曾說過類似的話。壽雪不禁心想，或許高峻與衛青之間也發生過相同的狀況。

「……汝亦曾有此際遇？」

「這個嘛……」高峻頓了一下，朝衛青瞥了一眼，說道：

「自從朕十歲之後，衛青就跟在朕的身邊，當時他大概十二、三歲吧。他原本另外有個師父，是朕將他搶了過來，讓他待在東宮內。」

高峻並沒有多作解釋，但可以想像衛青原本的師父應該做了相當過分的事。

「不過朕被廢去太子位的那段時期，衛青也跟著朕吃了不少苦，所以這麼做到底對不對，朕也說不上來。」

高峻淡淡地說道。衛青瞪大了眼睛，趕緊說道：

「大家，您多慮了。小人沒吃什麼苦。跟以前受的煎熬比起來，那都只是一些微不足道的小事。」

「是嗎？那就好。」

高峻輕輕一笑。壽雪凝視著几上的茶杯，陷入了沉思。

自己對衣斯哈做的事，或許正與從前的燕夫人對俞依薩做的事沒什麼不同。半吊子的仁慈與親切，反而是最大的毒害。

實在不該輕易插手干預。這件事自己打從一開始就做錯了。問題是接下來該如何補救？

「上一任的烏妃……」

高峻的聲音，讓壽雪抬起了頭。

「教妳讀書識字，教妳談吐應對，授予妳知識及智慧……但這些都不重要，最重要的一點，是她對妳的關愛。」

壽雪的腦海裡浮現了麗娘的臉孔。壽雪剛被送進夜明宮時，麗娘已是個佝僂老婦。麗娘平日很少露出笑容，卻是個非常有耐心的人。她花了非常長的時間，付出了極大的心血，將她的關愛一點一滴地灌注到壽雪那空虛的心靈之中。

「朕認為妳也應該要有投注關愛的對象。不管是一個人、兩個人，還是一大群人，妳可以考慮看看。」

壽雪垂下了頭。心裡似乎明白高峻所說的，卻又似懂非懂。雖然他說得若無其事，但做起來絕不輕鬆。

「衣斯哈就暫時待在凝光殿，如果妳決定要讓他進夜明宮了，再告訴朕吧。」

高峻站了起來，接著說道：

「如果拿不定主意，隨時可以找朕商量。」

「與汝商量？」

「沒錯。」

壽雪嗤嗤一笑，說道：「汝說話嚴肅認真，吾與汝商量，豈非自討苦吃？」

「妳喜歡聽不認真的建議？朕會盡量配合。」

高峻轉身走向門口，衛青推開門扉。外頭夜色正濃，伸手不見五指，有如塗墨。今天沒有月光，連星辰也隱晦不明。衛青正要在燭臺上點火，壽雪從頭上摘下牡丹花，向前遞出，那花瓣微微搖曳之後一片片融解，不稍片刻，蠟燭前端便燃起了淡紅色的火焰。

「今宵乃是新月，夜遊神出，持此燭方可無事。」

夜晚隨意外出，會被夜遊神抓走。這樣的傳說，讓民間百姓一到夜晚便不敢在外走動，所有坊門都會緊閉，禁止任何人通行。

「妳曾說過，沒有月光的夜晚，烏漣娘娘會化為夜遊神，在各地徘徊？」

高峻回想起從前壽雪曾提過這件事。壽雪沒有回答，卻說起了另一件事：

「明日勿來吾處。」

高峻不禁愣了一下，說道：

「為什麼？」

「明日吾身心疲累，不想見客。」

「什麼意思……」

高峻還想問個清楚，壽雪卻不願多說，只催促道：「汝可速去。」

高峻凝視著壽雪，以平淡的口吻說道：

「……朕曾經說過，朕想與妳交心，想聽妳的肺腑之言。」

「吾言有何……」

「朕想知道妳為什麼所苦，為什麼所悲，為什麼所喜。」

說完這幾句話後，高峻走出門外。就在他轉身的那個瞬間，佩掛在腰帶上的玻璃飾物輕輕搖擺，在淡紅色火焰的照耀下熠熠發亮。這種魚形的玻璃佩飾，壽雪也有一個，高峻命人製作兩個，將其中一個送給了壽雪。高峻持有的玻璃佩飾顏色透明，壽雪的則是帶了一點淡紅的乳白色，這是兩人立下誓約的證物。

壽雪一直將自己的玻璃佩飾收在櫥櫃裡。除了這玻璃佩飾之外，櫥櫃裡還放了高峻所送的其他東西。例如魚形的琥珀，以及木雕的薔薇。壽雪經常將這些東西拿出來，放在面前愣愣地看著。尤其是在這種沒有月色的夜晚，自己總是不由自主地這麼做。

今晚不僅沒有皎潔的月光，就連星光也彷彿被吸入了那濃稠的夜色之中。那漆黑的空間彷彿比天空更加深邃，猶如無底深淵，裡頭似乎有東西在緩緩蠕動，正準備要爬出來。

不要！

壽雪幾乎想要張口大喊，但她趕緊摀住了嘴。燭臺的淡紅色火光，還在遠處緩緩搖曳。高峻就在那個地方。只要張口大喊，他一定會回來。

但就算他回來，又能改變什麼？

漆黑的夜色彷彿越來越黏稠，朝著自己不斷逼近。壽雪回到房內，關上了門。

今晚壽雪很早就讓九九回去歇息了。此時壽雪拉開簾帳，走了進去。在這間房間的深處有一道門，門後有一條狹窄的通道。壽雪拉開門，來到了通道上。通道的盡頭，是另一間小小的房間。牆上畫著壁畫，壁畫裡有一隻頭部為女人模樣的黑色大鳥，那正是烏漣娘娘，而在壁畫前方，有一座祭壇。壽雪朝著祭壇上的蠟燭輕吹一口氣，蠟燭的前端亮起了白色的火焰，飄散出了類似麝香的氣味。

壽雪從髮髻上摘下牡丹花，拋入白色的琉璃器皿內。遠方隱約響起一陣鈴聲，牡丹花在器皿中逐漸融化。每隔三天，壽雪就必須重複一次相同的舉動。

壽雪走出小房間，回到原本的房內。她拆掉了髮髻，卻懶得更換睡袍，就這麼躺在床上。在這種沒有月亮的夜晚，就算只是閉上眼睛，也讓壽雪感到恐懼不已。

即便如此，壽雪的眼皮還是不由自主地下垂。四肢越來越沉重，幾乎再也無法移動半分。雙眼終於完全闔上，眼前陷入了一片漆黑，她感覺自己的身體正在下沉，彷彿永無止境地下沉，而纏繞在身體四周的黑暗是如此冰冷而沉重。

壽雪感覺呼吸越來越困難，就好像被人拉進了水底下。就在碰觸到了水中深淵的底部後，壽雪感受到自己的身體轉為往上浮起。上浮的速度，遠比當初下沉的速度要快得多。驀然間，身體停止不動了，靈魂卻依然快速地往上竄升。

她想要尖叫，卻發不出聲音。隨著靈魂高速竄升，壽雪全身上下劇痛無比，彷彿身體每個部位都被細絲緊緊纏繞住了，那強大的拉扯力量似乎隨時可能讓自己的身體四分五裂。然而靈魂卻無視身體的劇痛，繼續快速上浮，不知不覺已來到了高空上，與身體距離遙遠。

那細絲持續纏繞著壽雪的身體，陷入皮膚之中，似乎意圖將她的肢體切割成碎塊。

壽雪的靈魂懸浮在高空中，俯瞰著夜晚的宮城。城中到處都點著燈火，驅走了夜晚的黑暗。她的靈魂只是朝著那宮城輕瞥一眼，便繼續朝著遠方飛去。那靈魂有著翅膀，一對泛著油亮的黑色光澤，彷彿能夠吸入一切的翅膀。那對巨大的翅膀以緩慢的節奏上下拍動，帶著身體不斷飛向遠方。翅膀每拍動一次，壽雪便感覺身體的疼痛加劇一分。那劇痛的感覺，讓她擔心自己隨時會骨肉分離、四肢碎裂。

飛在高空上的，根本不是壽雪的靈魂。那是一頭有著黑色翅膀的人面怪鳥。自海外遠渡重洋而來的女神——烏漣娘娘。

壽雪心中恨極了香薔。那最初的烏妃。為什麼她願意承受這樣的痛楚？她對那欒夕，對那夏王的愛，真的有那麼深嗎？為何欒夕卻將她幽禁於後宮之中，奪走了她的冬王名分？

香薔化身為烏漣娘娘的看守者。她把烏漣娘娘與自己鎖在一起，不讓烏漣娘娘逃走。烏妃的生命，與烏漣娘娘合而為一。正如同烏漣娘娘無法逃走，烏妃也無法逃離這座監禁著女神的夜明宮。

但是每到沒有月光的漆黑之夜，鎖住烏漣娘娘的力量就會減弱。烏漣娘娘會逐漸與夜色融為一體，在夜晚的天空上徘徊。每當烏漣娘娘恣意遊走，烏妃總是會感覺到宛如全身遭到撕裂的劇痛。

有些晚上，烏漣娘娘會在空中盤旋整晚；有些晚上，烏漣娘娘只會在宮城上繞個一圈便返回夜明宮。今天的情況似乎是前者。烏漣娘娘飛離了宮城，越過了宮城外的市鎮，依然意猶未盡地振翅疾飛。壽雪聞到了河水的氣味。眼下是一條河川。烏漣娘娘沿著川面不斷往前飛。河川在一望無際的平原上蜿蜒而行，穿過了聚落，越過了奇岩林立的丘陵。

她到底要去哪裡？

強烈的痛楚，幾乎令壽雪昏厥。壽雪只能暗自忍耐，看著眼下的景色。不一會兒，一片村落的火光映入了眼簾。就跟其他村落一樣，因為害怕夜遊神為害，村裡到處點著燈籠。烏漣娘娘沿著家家戶戶的屋頂向前滑翔。這村莊的屋舍都是以石塊砌成，門口及窗上掛著布幔。吊在屋簷下的燈籠，有著圓滾滾的奇妙造型。此處的巷道狹窄彎曲，隨處可見斜坡，而屋舍之外一道人影也沒有。壽雪聞到了潮水的氣味。這似乎是一座臨海的村莊。

不遠處有一棟屋舍，二樓的窗戶正透出火光。原本掩上的窗板被人推了開來，撐開了布幔。一名青年自窗內探出頭來，那青年有著白皙的臉孔，一頭黑髮披掛在肩上。

青年的視線，正朝著這裡射來。

——梟！

不知道為什麼，壽雪的腦海響起了這道聲音。

就在看見那青年的瞬間。不，就在與那青年四目相交的瞬間。

壽雪驀然睜開了自己的雙眼。

「……」

壽雪不停喘著氣。緩緩轉動脖子，往左右一看，自己正在夜明宮內，在房間的床上。

她的背上沾滿了不舒服的汗水。雖然那幾乎要將身體撕成碎塊的痛楚已經消退，但取而代之的是體內的所有精力也被吸乾了。壽雪根本沒有力氣起身，就連翻個身，也得咬著牙擠出最後一絲力氣。變成側躺的姿勢後，她感覺自己的背部被一股冰涼的黑暗所籠罩著。

烏漣娘娘在看見那青年的瞬間，以極快的速度退回了夜明宮內。壽雪清楚地感受到了一股恐懼的情感。

「那是……何人……？」

壽雪感覺舌頭遲鈍、喉嚨乾涸，幾乎沒有辦法說話。那沙啞的呢喃聲就這麼融入黑暗之中，沒有得到任何回應。

❀

「……快關上窗戶，宵月。」在這種「月黑天」的夜晚，打開窗戶是一件很危險的事。封一行趕緊要弟子把窗戶關上。

「知道了，老師。」

宵月面無表情地應了，乖乖關上木製窗板。白皙的臉孔，與垂掛在肩上的一頭黑髮形成強烈的對比。青年雖然口氣稱不上恭敬，但從不違逆老師的命令。一個月前，封一行見青年倒在路邊，便將他帶回家中照顧。此後封一行便將青年收留在身邊，雖然名義上是弟子，但其實更接近跑腿打雜的隨從。不管封一行要青年做什麼事，青年都是欣然遵從，從來不曾有任何怨言。青年從來不曾動怒，卻也從來不曾露出笑容。雖然已經相處了一個多月，他依然給封一行摸不透底細的感覺。

封擱下筆，揉了揉眼睛。上了年紀之後，越來越感覺到在夜裡寫字是件吃力的事。但是受村人委託的代筆工作，還是必須完成才行。在這座小小的港村裡，識字的人並不多，封一行是相當受村人們倚重的代筆師傅。當然這並不是封原本的職業。這個國家是由大大小小的島嶼所組成，所以像這樣的港村可說是多如牛毛。

宵月正在為封整理床鋪。封習慣在就寢前，把囊袋裡的道具全都拿出來檢查一遍。先是一疊符紙，上頭寫著沒人看得懂的潦草符字。另有一疊符紙，上頭什麼都還沒有寫。朱墨、丹砂、臈蜜、細針……封把所有東西一一擺在桌上，再慎重地放回囊袋內，桌旁還放著一把杖刀。

這些都是施展巫術所使用的道具。封一行雖然是一名巫術師，但甚少施展巫術。前朝覆滅時，他被迫狼狽逃離國家，拋棄了一切。本來封一行有一名徒弟是前朝的皇孫，封原本還打算收他為養子，如今這些都化成了泡影。

「老師，整理好了。」

宵月指著床鋪說道。封以手扶著桌邊，緩緩站了起來，膝蓋此刻的隱隱作痛，讓封忍不住發出了呻吟。直到宵月上前攙扶，才讓封順利起身。

封近距離打量起宵月的面容。白皙的臉龐，配上泛著漆黑光澤的秀髮。眼睛是細長的丹鳳眼，眼神異常犀利，卻又帶著三分嫵媚。這異於常人的美貌，讓人分不清他是男是女。

——完全不像……

當初那個本來要收為養子的皇孫，與眼前這名青年完全不像。那名皇孫有著宛如月光般美麗的銀髮，以及彷彿在黑暗中也能綻放光采的俊美容貌。但不知道為什麼，封從那皇孫弟子的名字中取了一字，來為這個曾經倒在路邊的青年命名。或許是因為他們的年紀與身高都相近的關係吧。

——冰月……

封一行每次想起這個名字，都會感覺到既懊惱又難過。那皇孫遭到處死，封卻連遺體也見不到，只能倉皇逃出京師，躲進停泊在港邊的船內，潛逃到國外。新朝下令捉拿過去受前朝皇族重用的巫術師，許多落網的巫術師都遭到處刑。

死是一件很可怕的事。封一行鎮日與幽鬼為伍，看過了無數生死，原本以為自己對死已不縈於心，但是當真面臨生死危機時，自己還是倉皇逃走，任由冰月遭到處死。

封坐在床邊，深深嘆了一口氣。自從回到霄國之後，自己只是在各個港村之間來來去去，從來不曾進入京師。封已經暗自下了決定，不會再踏入京師一步。因為他自認為沒有臉到欒家的家廟前，為了冰月的事低頭道歉。

「老師。」

宵月來到了封的身邊。這個青年的聲音也相當不可思議。讓人難以分辨是低沉還是高亢，卻又有一種足以令聽者陶醉的魅力。

「什麼事？」

「我有件事想要問老師。」

生活中的各種大小事情，似乎都讓宵月感到相當好奇，令人不禁納悶這青年從前到底住在什麼樣的地方。封以為這次他要問的大概又是雞毛蒜皮的瑣事，於是點了點頭，說道：

「你問吧。」

「我想去京師，我該怎麼做？」

雖然天色已亮，壽雪還是無法起身。全身使不出半點力氣。就連要動一根指頭，也得咬緊牙關才辦得到。九九擔心不已，不顧壽雪的制止，派人到藥司取藥，還熬煮了生薑松果粥及豆漿，端進了房間裡。壽雪完全沒有食慾，但見九九及紅翹都心急如焚地站在旁邊，只好拿起了湯匙。

「如果娘娘沒有食慾，可以先喝一點豆漿，裡頭加了蜜，喝起來很香甜喲。」

豆漿確實很甜，流入喉嚨之後，彷彿滲進了五臟六腑。壽雪喝完豆漿，感覺有了些食慾，於是把粥也喝了。填飽了肚子，不僅力氣逐漸恢復了，氣色也稍微變得紅潤。九九及紅翹終於放下了心中大石，拿著托盤退出了房間。幾乎就在同一個時候，溫螢走了進來。原來正是他在九九的央求下，到藥司取了藥回來。

「娘娘，您的氣色好多了。」

溫螢手中捧著一只托盤，托盤裡放著廚房煎好的藥湯。壽雪瞥了一眼，說道：

「煩勞汝取此無用之物。」

壽雪說完，便要溫螢把藥端走。

「娘娘，您身體正虛弱，還是把藥湯喝了吧。」

「嗚……」

藥湯是由人蔘、地黃、黃耆等藥材煎成，具有養氣強身的效果。溫螢說得沒錯，最好還是把藥喝了。但俗話說良藥苦口，這碗藥湯一看就是良藥。

見溫螢在旁邊默默施加著無言的壓力，壽雪迫於無奈，只得端起藥湯。儘管溫度剛剛好，但光是氣味便極苦澀。壽雪忍不住皺起眉頭，卻又不好意思說太苦不想喝，只好屏住了呼吸，將藥湯一飲而盡。

果然很苦。殘留在舌尖上的苦味，讓壽雪臉孔扭曲。

「下官去拿些白開水來。」

「嗚……」

溫螢回到廚房，取來了白開水。

「她們說裡頭摻了蜜。」

壽雪端起來一喝，果然入口香甜。不管是剛剛的豆漿也好，還是現在的白開水也好，懂得在裡頭摻蜜的人物，應該是長年來一直在夜明宮打雜的老婢女桂子吧。從前麗娘在世的時候，每次讓壽雪喝完藥湯，一定會吩咐桂子準備蜜水，桂子想必是把這一點記住了。她雖然是個不苟言笑的老婆婆，但不僅工作勤快，而且心思相當細膩。

——千萬別在身邊安排侍女，婢女也只要一名就夠了。

壽雪回想起了麗娘當年的吩咐。麗娘的教誨，形成了壽雪心中最大的牽掛。麗娘還曾再三提醒，千萬別在夜明宮安插宦官，因為他們會朋黨聚眾，組成勢力。

烏妃的身邊必須盡可能一個人都沒有。一旦有了人，就會形成組織；一旦有了組織，就會不斷擴張，成為冬王的心腹部隊。

因此烏妃一定要活在孤獨之中才行。但是……壽雪已打破了麗娘的禁令。

壽雪將碗放回了托盤裡。但溫螢並沒有退下，依然站在身邊。壽雪心中微感納悶，抬頭一看，只見溫螢欲言又止，似乎有話想說。

「尚有何事？」

「……下官有幾句話想說，若有僭越之處，希望娘娘莫怪。」

「但說無妨。」

溫螢道了謝，將托盤放在小几上，說道：「是關於衣斯哈的事。」

壽雪一聽到這名字，忍不住低下了頭。

「娘娘，您是否很後悔幫助了衣斯哈？」

「……若非吾從中干預，衣斯哈必不致為師父所逐。衣斯哈其人天資聰穎，將來必能嶄露頭角。」

「其實不然，衣斯哈是偏鄉的少數民族出身，除非受到特例拔擢，否則一輩子就只會是個無品的低階宦官。將來要吃的苦，恐怕也不會比現在少。」

壽雪心想，或許是如此沒錯，但衣斯哈因為自己的干預而改變了未來，這是不爭的事實。與他人產生交集，甚至是讓他人的人生發生變化，總是令壽雪感覺到強烈不安。衣斯哈的事情是這樣，當初九九、紅翹的事情也是這樣。

「衣斯哈未來之路因吾而改變。此路是好是壞，皆是衣斯哈之路，非吾之路。吾既無法為此負責，實不該擅加干預。」

衛青、高峻說得沒錯，自己不負責任地出手干涉，等於是把衣斯哈推上了一條沒有路標、吉凶難測的道路。

「……我過去曾是鵶幫的雜耍師。」

沉默半晌之後，溫螢開口說道。

「此前汝曾言及。」

不久前溫螢曾經提過這件事。

「從某一年起，那鵶幫成為某判官家中包養的表演團體。每次舉辦酒宴，都會派我們表演助興。鵶幫裡有些人專門演奏音樂，有些人擅長表演魔術，像我這樣的雜耍師也不少……某一天晚上，判官邀集賓客，舉辦了一場慶祝會。究竟慶祝何事，我已記不得了。判官跟招待的賓客都喝得大醉，而我們在表演結束後，也回到房間裡休息。沒想到有一個賓客，竟要求我們的同伴之一到他的房間侍寢。那同伴是彈琵琶的少女，年紀才十三歲。」

溫螢說到這裡，沉默了片刻。壽雪不明白他為何提這件往事，只能屏著呼吸靜靜聆聽。

「我們的鵶幫向來只賣藝，並不賣身，因此我們斷然拒絕了。沒想到……」

溫螢遲疑了一會兒之後，似乎下定了決心，接著說道：

「那賓客竟然把彈琵琶的少女硬拖進了房間。那少女天性溫厚善良，在淫威之下不敢發出聲音。我察覺那少女不見了，到處尋找她，最後當我找到她時，她正在後院的井邊洗臉及漱口。在那水花聲中，我清楚聽見了少女的啜泣聲……直到現在，我彷彿依然能聽見那啜泣的聲音。於是我闖入那賓客的房間，將呼呼大睡的賓客痛毆了一頓。當判官的奴僕們把我拉開的時候，那賓客已經被我打得渾身是血。我本來想殺了他，但沒有成功。如果我殺了人，現在我也沒辦法站在這裡……」

溫螢雖然說得語氣平淡，臉上不帶絲毫感情，然而聲音卻是越來越冰冷。

「判官不想把事情鬧大，決定私下解決。被我打得全身是血的賓客，大聲嚷嚷著要讓我變成『腐人』……」

腐人是宦官的別稱，帶有鄙視的意味。

「於是我被押進了鴿房。那裡是把人閹割成宦官的地方。他們在那裡把我強行閹割，那賓客在旁邊笑嘻嘻地看著。」

壽雪感覺到一股寒意自胸口竄起，半晌說不出話來，最後只能勉強擠出一句「豈有此理。」溫螢凝視著壽雪說道：

「不管是當我被奴僕押著，任憑賓客毆打的時候，還是眾人得知那賓客做了什麼事的時候，抑或是我被帶進鴿房的時候，判官的身邊沒有一個人說出『豈有此理』這句話，當然也沒有人站出來阻止。因為我們是鴟幫，鴟幫的人就是賤民。」

庶民有貴賤之分。奴婢、妓女及樂人都屬於賤民，他們不得與良民通婚。

「能夠像娘娘這樣說出『豈有此理』的人並不多。看見年幼的宦官遭到責打，願意上前阻止的人更是少之又少。娘娘，您只是沒有察覺而已。如果……如果當年我在遇到那些事的時候，有任何一個人願意說出『豈有此理』這句話……就算對我沒有任何實質的幫助，至少我的心裡能感到欣慰……」

壽雪聽著溫螢的聲音，眼前彷彿看見了一道血淋淋的傷口。那從來不曾癒合的傷口，正不斷有火熱的鮮血汩汩流出。

「對我們來說，像娘娘這樣的人是多麼難能可貴。眼前有一個願意對弱者伸出援手的人，光是這一點，那就是極大的精神鼓舞，我們並不奢求您能負起什麼責任。」

溫螢說到這裡，忽然跪下磕頭。

「謝謝娘娘為我們宦官做的一切，謝謝娘娘拯救了衣斯哈。」

壽雪看著拜倒在地上的溫螢，一時不知該說什麼才好。半晌之後，壽雪下了床，跪在地上，按著他的背，溫言說道：「溫螢……」

雖然溫螢沒有發出任何聲音，但壽雪感覺得出來，他正在哭泣。雖然他暗自壓抑，但肩膀還是微微顫動。

壽雪默默在溫螢背上輕撫。

「……下官擅自說起自己的往事，汙了娘娘的耳朵，連您的手也弄髒了，請恕罪。」

片刻之後，當溫螢抬起頭來，臉上的表情已恢復了平靜。

「何汙之有？」除此之外，壽雪實在不知道該以什麼話來安慰他。壽雪在他的背上輕撫一會兒，將他拉了起來。溫螢的臉上並沒有殘留任何淚滴，但瞳孔卻像是覆蓋了一層水膜，看起來是如此俊美而淒涼。

「……吾有一事問汝。」

「娘娘想問什麼，下官知無不言。」

壽雪在溫螢的耳畔低聲說道：「汝方才所言『判官』、『賓客』，可知其姓名？」

聲音極度冰冷，連壽雪自己也有些吃驚。

溫螢愣了一下，眼神頓時變得柔和。

「娘娘，這事不勞您費心……很久以前，下官把這件往事告訴衛內常侍，他也問了相同的問題。」

言下之意，是衛青已經以某種方式給了那些人一些教訓。

「噢？」壽雪瞪大了眼睛。「衛青已……」

「娘娘，下官建議讓衣斯哈待在您的身邊。下官相信，那孩子一定能對娘娘有所幫助。下官雖然目前擔任娘娘的護衛工作，但畢竟是在衛內常侍的配下，不見得能夠隨時待在娘娘的身邊。娘娘若能從小培育一名善體人意的宦官，將來他必定能成為娘娘的左右手。」

「吾豈知宦官培育之法？」

「只要盡量吩咐他做事情，他就會自己學習。此外，也建議您教導他讀書識字。」

「讀書識字……若非麗娘教導，吾亦目不識丁。」

壽雪不禁懷念起了麗娘。

「只要擁有足夠的能力，不管到了哪個部局，相信都能夠適應得很好。但是像衣斯哈這樣曾經遭師父放逐的孩子，很難再找到人願意好好教育他。」

「吾該善盡教育之責？」

溫螢點頭說道：

「是的，倘若娘娘想要負起責任，卻又不想讓他一直待在夜明宮，這是最好的方法。」

「原來如此……汝言甚是。」

「謝謝娘娘誇獎。」

壽雪一方面覺得這是個好主意，一方面又擔心這麼做不妥。但在稍微遲疑了一下後，便採納了溫螢的意見。或許她心裡一直在尋找著將衣斯哈留在夜明宮的正當理由吧。

麗娘如果天上有知，必定會勃然大怒。

這真的是正確的抉擇嗎？壽雪完全沒有把握。

或許將會鑄下大錯也說不定。

水聲

高峻下了轎子，自跪拜行禮的放下郎之間穿過，走到一名同樣跪在地上的老翁面前。

「薛魚泳，近來無恙？」

高峻下令平身後問道。

「每天早晚都得喝苦煞人的藥湯，才能勉強抬起這把老骨頭。再過沒多久，微臣就要告老還鄉了。」

高峻聽這冬官說得口吻輕浮，實在不知道他是認真的，還是在開玩笑。至少在高峻的眼裡，這老人還是一樣精神矍鑠。

「接下來的日子還會越來越熱，微臣這副骨頭不知道熬不熬得過。」

「再過一百年，你可能還在這裡說著相同的話。」

「陛下取笑了。」

老人發出了兩聲虛偽的笑聲。

「陛下今日又來找微臣這糊塗老人，不知有何貴幹？」

薛魚泳將高峻引入星烏廟後方的冬官府殿舍，兩人在房裡相對而坐。廟宇與殿舍還是一樣老舊腐朽，正因打掃得乾淨整潔，反令柱上的丹漆剝落及木質桌椅褪色的窘況更加明顯。

「倒也沒有什麼要緊的事情。」高峻說道。

「這麼說來，陛下是專程來看微臣這張皺巴巴的大鬍子臉，真是受寵若驚。」

言下之意，彷彿是在抱怨「你是不是吃飽沒事幹」。當然高峻終日忙於公務，絕對不是個閒人。

「朕想問你關於烏妃的事。」

魚泳揚起兩道長長的白眉，瞪大了原本藏在白眉底下的那兩道有如鷹眼般的犀利雙眸。他所著的黝灰色的長袍，配上插了尖尾鴨羽毛的濃鼠色幞頭，那身冬官府的服色與宦官有幾分相似，然而冬官並非宦官，灰衣象徵的是烏漣娘娘的奴僕，而冬官更是少數知道烏妃真相的人物之一。

「上次陛下也問過相同的話……但老臣只知烏妃就是烏妃，陛下想知道關於烏妃的事，應該去問烏妃。」

「朕這次想問的不是『烏妃』，而是壽雪或是麗娘。」

魚泳不再插科打諢，以深藏在眉後的雙眼凝視著高峻，問道：

「陛下為何特意詢問這兩人？」

「只是單純地想知道。」

「這可不是一件好事。」

魚泳滿臉苦澀地說道：「陛下既然已經知道了烏妃的存在意義，為何還是如此執迷不悟？陛下跟烏妃之間，還是盡可能別扯上任何關係。」

「壽雪被囚禁在夜明宮，全是因為朕的關係，朕如何能夠不聞不問？」

「這不是陛下的錯。若真要找出一個做錯事的人，應是欒朝的開朝皇帝欒夕。」

正是欒夕讓冬王變成了烏妃，將其幽禁在後宮。

「朕既然是皇帝，自然無法推卸責任。朕有義務要知道關於烏妃的一切。她有著什麼樣的經歷？未來將過著什麼樣的生活？朕必須負起瞭解及見證的責任。」

魚泳嘆了一口氣。

「陛下，您不僅一板一眼，而且還固執己見。說好聽點是格局大、處事果敢，但說難聽點就是……」

魚泳一臉困擾，一對眼珠卻機靈地轉動著，顯然是在尋找著顧左右而言他的說詞。

「魚泳。」高峻說道：「別想舌粲蓮花，盡說些無關緊要的事。」

高峻極少大聲斥罵，但那平淡的口氣卻宛如寒冬一般嚴峻。

魚泳先是瞪大了白眉後頭的眼珠，接著尷尬地將頭別到一邊。高峻剝掉了這隻老狐狸的虛偽面具，心裡不禁有些暢快。

「你曾經說過，上一代烏妃在傳位給現在的烏妃時，曾經來跟你打聲招呼。這麼說來，你與麗娘曾經見過面？」

高峻問道。魚泳無奈地回答：

「……自從她成為烏妃之後，微臣就不曾再見過她。烏妃更迭，代表著前任烏妃餘命已盡。微臣說她來打招呼，意思是……」

魚泳停頓了一下，凝視著桌上的茶杯，眨了眨眼睛後說道：

「烏妃死後出現在微臣的面前。」

「你指的是幽鬼？」

「沒錯。」

魚泳以百無聊賴的口氣說道：

「她把新任烏妃託付給微臣。」

「麗娘既然會在死後將新的烏妃託付給你，代表她對你相當信任。你剛剛說『自從她成為烏妃之後，你就不曾再見過她』，這意思是在她當上烏妃之前，你們曾經見過面？」

魚泳不悅地蹙眉說道：

「陛下猜的是沒錯……但陛下這麼挑微臣的語病，實在讓微臣不好說話。」

「不挑你的語病，你什麼也不會說。」

「……」魚泳陷入了沉默。冬官是烏漣娘娘的奴僕，只恭順於烏妃，不聽皇帝的命令。魚泳從前曾經這麼坦承過。幸好今天衛青不在高峻的身邊，如果他在場的話，恐怕又要氣得咬牙切齒。事實上高峻正是因為這個緣故，才故意不帶衛青同行。

魚泳嘆了一口氣，說道：

「……麗娘小姐的家世與微臣的家世有主從關係。麗娘小姐的父親是位藩帥❶，微臣的父親是其家兵。藩帥是位豁然大度之人，對微臣相當照顧。他見微臣有可取之處，因此特別安排讓微臣跟麗娘小姐一起讀書，跟著同一位老師鑽研學問。麗娘小姐的個性像她的父親，冰雪聰明且從來不擺架子……」

魚泳輕咳兩聲，接著說道：

「岔題了……總而言之，麗娘小姐跟微臣是互相認識的。」

高峻心想，豈止是「互相認識」而已，根本是青梅竹馬，難怪麗娘會如此信任他。

「麗娘成為烏妃的後繼人選，是什麼時候的事？」

「……在她十四歲那年。」

「這麼晚？聽說壽雪在六歲的時候就被選上了。」

「這全是烏漣娘娘的旨意，我們無法窺知個中玄機。」

——不是「玄機」，而是「隨興」吧。高峻不禁如此想著。

「後來她就被帶進了宮中？」

「是的，接著在她二十二歲那年，前任烏妃逝世，她繼任為烏妃。」

「朕沒記錯的話，壽雪是在十四歲成為烏妃。兩人都是在入宮的八年後，這是否意味著烏妃會在新任烏妃出現的八年後死去？」

魚泳沒有正面回答這個問題，只說道：

「『八』是聖數。」

「這麼說來，麗娘是知道自己死期已近，所以才盡可能把所有的知識一股腦兒全傳授給壽雪？」

魚泳沒有答話，只是默默啜了一口茶。高峻凝視魚泳的臉，問道：

「你進入冬官府，是在什麼時候？」

1　地方軍事組織首長。

「陛下連微臣這老糊塗的事情也想知道？」

「你成為冬官，是為了幫助麗娘？」

「區區冬官，對麗娘小姐能有什麼幫助？」魚泳的話中帶了三分怒氣，接著他尷尬地轉過了頭，說道：

「……微臣是在二十四歲的時候進入冬官府。雖然微臣考上貢舉，成為進士，但只有名門望族子弟才能獲錄用為一般官吏，唯獨冬官府，即便是庶民子弟也可以進入。微臣進入冬官府，只是基於這個緣故。」

「原來如此。」高峻淡淡地說道。

「微臣剛進來的時候，冬官府還不像現在這樣冷冷清清。」

魚泳啜著茶，笑著說道：

「彼時放下郎的人數是現在的兩倍以上。他們都是因為無法成為官吏，才進了這冬官府，這可說是唯一的共同點。不過在微臣的教育之下，他們每個都很優秀。」

「教育他們，再把他們送走？」

如今冬官府的放下郎，絕大多數會在任職數年後轉調為官吏，這可說是魚泳經過長年努力所建立起來的慣例。正因為如此，冬官雖是閒職，但高峻身邊的宰相、尚書等大臣都對魚泳相當敬重。

「其中倒也有個願意留在冬官府的古怪年輕人，微臣正打算把後事託付給他。」

高峻心想，從他這句話聽來，他似乎確實有退隱之心。

「你想辭官退隱，朕不會不准……但在此之前，你願意先與壽雪見上一面嗎？」

「陛下希望微臣見烏妃娘娘？」

魚泳詫異地揚起了一邊的眉毛。

「朕希望你與壽雪聊聊麗娘的事，相信壽雪一定會很開心。」

壽雪真的會開心嗎？嗯……應該會吧。

魚泳目不轉睛地看著高峻，眼神中不帶一絲的戲謔或苦笑。那對幾乎不帶任何感情的瞳孔，就只是凝視著高峻，讓人無法看穿其背後的心思。

「微臣明白了。既然有微臣派得上用場之處，微臣量力而為。」

魚泳起身朝高峻揖拜，臉上的嚴肅表情再也看不見了。

壽雪剛被帶進夜明宮的時候，還是個蓬頭垢面的小女孩。

麗娘命婢女桂子將壽雪帶到殿舍後頭的浴殿洗澡，換上乾淨的絹衣。洗去了汙垢之後，壽雪的頭髮恢復了美麗的亮銀色，那是壽雪有前朝皇族血統的證明，但麗娘見了之後並不驚訝，因為她對此事早已瞭然於胸。

「汝須終老於此，誠造化弄人。」

麗娘為此感到相當憂心。壽雪雖然依著她的指示，把頭髮染黑了，卻不明白眼前之人為了何事憂心。直到聽了麗娘的說明，壽雪才得知自己的銀髮代表什麼意義。

壽雪是前朝皇族的倖存者。絕大部分的前朝皇族都遭到了處死，其中也包含壽雪的母親。在這樣的狀況下，壽雪卻必須一輩子生活於後宮，與皇帝比鄰而居。烏妃終身不得離開後宮，這是壽雪的祖先欒夕所作出的決定。

剛得知這一切的時候，壽雪的心中並沒有特別的感覺。自從失去了母親之後，她幾乎活得像行屍走肉。至少有數年的時間，壽雪完全無法控制自己的感情。

麗娘面對死氣沉沉的壽雪，非常有耐心地教她讀書識字、談吐言詞及用餐禮法。隨著知識的增長，壽雪心中的苦楚反而與日俱增。因為自己漸漸開始能夠以客觀的角度，體會母親遭處死的荒謬，以及自己被囚禁在後宮的諷刺。壽雪心中的感情在歷經了怨恚、哀戚及空虛之後，又回到了怨恚，永遠不會有結果的爭吵，耗盡了她的全部精力。壽雪把所有的負面情緒全部都發洩在麗娘身上，因為除了麗娘之外，自己根本找不到發洩情緒的對象。

麗娘對待壽雪雖然相當有耐心，卻也極為嚴格。麗娘雖然終日為壽雪的事情擔憂、掛心，卻從不一味仁慈。

「吾死之後，汝須獨力求活。」

麗娘明白，自己沒有辦法代替壽雪度過難關。憐憫對她沒有絲毫幫助，必須盡量讓這孩子吸收知識、增長智慧才行。只有壽雪自己能夠幫助自己，麗娘並沒有辦法代為受苦。

* * *

即使到了今天，壽雪依然經常能夠聽見麗娘的斥責之聲。

「烏妃娘娘！」衣斯哈習完了字，將麻紙遞給坐在對面的壽雪。

「嗯，汝甚有天分。」壽雪點了點頭，衣斯哈開心地笑了起來。

這裡是夜明宮內的壽雪房間，她正在教導衣斯哈寫字。衣斯哈的談吐言詞並沒有太大問題，但完全不識字。事實上不識字的宦官非常多，並非只因衣斯哈是偏鄉的少數民族出身。

「讀書識字，於汝有益。」

就像當年麗娘教導壽雪一樣，如今壽雪開始教導衣斯哈。用全新的紙習字，實在太浪費紙張了，因此九九前往了鴛鴦宮及飛燕宮，討來了一些不要的廢紙。花娘與黃英都相當樂意提供廢紙給九九，當一張紙寫滿了密密麻麻的字，就會成為星星的玩具，如今壽雪的腳邊也散落著不少被星星啄爛的細小紙屑。

壽雪以朱墨批改完衣斯哈所寫的字，擱筆起身說道：

「汝可稍事歇息，吾往廚房取無花果。」

「娘娘，我去……」衣斯哈一句話還沒有說完，壽雪已出了房門，走向廚房。

「娘娘，您要歇息了？」九九轉頭見壽雪走進廚房，朝著她說道。

九九正在廚房裡煮茶，紅翹站在九九的身邊，準備著茶具。紅翹笑著伸手指向壽雪的後方。她從前遭人割去舌頭，因此無法說話。

壽雪轉頭一看，桂子正捧著一個簍子，邁著沉穩的步伐走進廚房，來到自己的身邊。她不僅身材高大，而且手腳粗壯，看起來實在不像年事已高。雖然她緊閉著雙唇，但並非正在生氣或心情不好，只是性情如此。壽雪也是在進了夜明宮的半個月之後，才摸清桂子的性情。在此之前，連自己也覺得桂子有點可怕。

桂子遞出手中的簍子，裡頭放著不少紅通通的無花果。

「多謝。」

壽雪從簍裡取了三顆無花果，說了一句「其餘汝等可分食之」，便轉身走回房間。懷裡的無花果不斷飄出成熟果實特有的甜膩香氣。

壽雪將無花果遞給衣斯哈，衣斯哈雖然連忙搖手說不用，一對烏溜溜的眼珠子卻是閃閃發亮。衣斯哈畢竟是正值發育期的少年，接過兩顆無花果，不過一眨眼功夫便吃得乾乾淨淨。星星在旁邊跳來跳去，一副想要分一杯羹的模樣，壽雪於是把自己的無花果分了一些給牠。衣斯哈告訴她，自己這輩子還是第一次吃無花果。

「我的故鄉沒有辦法栽種水果。」

衣斯哈的故鄉是一座濱海的漁村。

「偶爾到漁船船長家裡玩，船長的家人會給我們一顆柑橘。雖然酸，但很好吃。」

衣斯哈笑著說，他們兄弟姊妹總是大家一起分著吃一顆柑橘。他這個年紀的孩子應該最需要父母的陪伴，但他從來不曾表現出來。或許他已暗自下定決心，不在他人面前表現出思念之情。

「汝家鄉為迎州浪鼓？漁撈可獲何種魚？」

衣斯哈說起故鄉的事，總是開心地比手畫腳。

「大多是比目魚和鯖魚，我也曾經在船上幫忙捕魚。每次出海捕魚，我們都是靠星辰辨別方向。娘娘，您知道嗎？返航的時候，必須跟著南方的舵星前進。天上開始出現金鏃星，就是鯖魚的季節。花櫛星如果朦朧不清，就是會有大風雨。每當風浪太大，無法出海捕魚的日子，村裡的老人家就會跟我們說一些從前的傳說。例如海中躲藏著一頭巨大的龜精，還有討海人的手被巨大的鮑魚夾住的故事……」

這些遠方漁村的故老傳說，壽雪大多不曾耳聞，此時聽得津津有味。不過也有一些古代的神話，跟這附近流傳的神話大同小異。

「在很久很久以前，有位神明因為犯了罪，全身被切碎後丟進海裡，這些身體部位後來變成了我們居住的島嶼……」

「此地亦有此類神話。」

基本上就是關於國家土地如何形成的神話故事。「此等故事多賴鴉幫雲遊各地口耳相傳，是故傳說遍及全國。」

「原來是這樣……」

「你們在聊什麼？」九九端了洗手用的水盤進來。衣斯哈因為吃了無花果的關係，此時兩隻手掌及嘴巴附近又濕又黏。

「我們剛剛說到有位犯罪的神明……」衣斯哈將剛剛的話又說了一遍。

九九點頭說道：

「這我也聽過，神明遭到分屍，軀幹變成了本島，頭顱變成了界島，斷臂變成了八荒島，這些屍塊的上頭冒出了土壤，長出了花草樹木，還誕生了人……想起來就有點可怕。」

用這樣的描述方式，聽起來確實相當可怕。

「從前我聽奶奶說了這個神話，有好一陣子連走在地上都覺得很可怕，感覺好像是走在屍體的上面。」

衣斯哈錯愕地眨了眨眼睛。他似乎從來不曾有過這樣的念頭。

「海裡的許多東西，都會被海浪沖到岸上來。我從小住的那個漁村，旁邊有一處海灣，只要是掉到海底死掉的人，最後都會被沖到海灣裡。我經常在那裡看見漂浮在海面上的屍體，所以我一直以為大海就是這樣的地方。有時我還會看到海灣裡有類似水母的東西在發光，村裡的老人家都說，一個人如果在海中送命，靈魂就會像那樣在海中漂泊。」

「唔……」壽雪不禁想像散發著朦朧光芒的靈魂在夜晚的海上漂蕩的景象。那是多麼淒美、多麼令人感傷的畫面。

「有趣。」壽雪忍不住稱讚，衣斯哈更是興奮得雙頰漲紅，繼續說起從前聽村中故老所講述的傳奇故事。壽雪一邊以手盤洗手，一邊側耳傾聽。不一會兒，紅翹端茶進房，也加入閒聊。午後的明亮陽光自槅扇窗外透入，夜明宮內一片和樂景象。壽雪聽著九九及衣斯哈的笑語聲，看著紅翹的盈盈笑臉，心中忽感不可思議，不明白夜明宮中如何能有這般景象。

每當這種時候，壽雪總是會感覺到一股不安湧上心頭。那說不上來的恐懼感，就好像是有一隻冰涼的手掌抓住了自己的腳踝。耳畔彷彿響起了麗娘的警告聲，更是令她坐立難安，不知該如何是好。

當天夜裡，夜明宮來了一名訪客。

時值深更，就連習慣晚睡的壽雪，此刻也早已入眠。門外不斷傳來女人的細微呼喚聲，喚醒了睡夢中的她。

「烏妃……烏妃娘娘……」

那聲音若有似無，聽起來相當蒼老而虛弱。壽雪躺在被褥上，轉頭尋找星星的身影。每次夜明宮有訪客，那隻金雞必定會喧噪跳動。但壽雪定睛一看，星星只是坐在床尾，懶洋洋地抬頭看著門口，隨即垂下頭，閉上了眼睛，似乎對門外之人絲毫不感興趣。比起訪客，顯然現在睡覺對牠來說更加重要。

壽雪起身下床，拿起黑色衫襦，披在睡袍之上，走出帳外。雖然不知道現在的確切時刻，但感覺應該是四更❷左右。這陣子白天越來越炎熱，但到了深夜依然頗有寒意。壽雪一面走向門口，一面伸出手掌，掌心浮現一朵牡丹花。壽雪將牡丹花拋進一盞蓮花造型的燈籠，裡頭登時有火焰開始熊熊燃燒。

「來者何人？」

壽雪朝著門扉問道。

「小女子安氏，欲求烏妃娘娘相助，懇請開門聽我訴說。」

那聲音雖然老虛，但談吐文雅，想來應是某處妃嬪的侍女。壽雪於是開了門，只見門外站著一名白髮蒼蒼的老婦人。她身穿土色宮女服。滿頭的白髮只勉強打了個小髻，看起來乾粗毛糙，毫無油光，整個人看上去也面色如土，幾乎和衣服的顏色沒有兩樣。更仔細一瞧，雙手及臉上都布滿了密密麻麻的明顯皺紋，雙手手指上還帶著不少的龜裂傷痕。看來她並非侍女，是一名宮女，而且還是專做清掃、洗滌工作的低階宮女。

2　凌晨一點至三點。

壽雪將老婦人引進了房內，命她就坐，那老婦人屈膝行禮、移步及坐下的舉止儀態，實在不像是一般的低階宮女。或許她原本是侍女，後來因為某些緣故，被貶為宮女了吧。

壽雪走到那自稱安氏的老婦人對面坐下，安氏等壽雪坐定了，才開口說道：

「如此深夜前來打擾娘娘安眠，心中惶恐，請娘娘恕罪。」

「無妨，偶有似汝這般訪客。」

「有件事，無論如何想要請烏妃娘娘幫忙。過去我好幾次想要前來拜訪，但都提不起勇氣……今晚我終於下定了決心。」

地板上的燈籠火光不住搖曳，在安氏的臉上投映出了奇妙的陰影。一盞燈籠無法照亮整間房間，壽雪及老婦人的周圍被濃濃的黑暗包覆著。

「汝有何事求吾？」

壽雪直截了當地問道。安氏微微低下頭，臉上的陰影輕輕晃動。

「是關於我從前侍奉的妃子的事。我曾經是炎帝時期的鵲妃——西婉琳娘娘的侍女。」

壽雪心想，她果然曾經是侍女。

「炎帝乃上上代先帝，其世距今久遠。」

「雖是如此，但我感覺一切都像是昨天才發生的事情。上了年紀之後，深感光陰似箭、歲月如梭，然而越是從前的事情，記憶越是鮮明。當年發生在婉琳娘娘身上的事情，此刻我依然是歷歷在目。」

「婉琳娘娘？」

「是的……」安氏應了一聲，接著卻欲言又止。她垂下了頭，凝視著放在膝蓋上的雙手，半晌後才抬頭說道：

「烏妃娘娘，您年紀尚輕，可能不清楚炎帝時期的鵲妃是位什麼樣的妃子，以及當年的那些往事。就算是在我身邊的人，也只有寥寥數人還記得當年那些事情。當時大家都忌諱談起婉琳娘娘的事，甚至還有同情婉琳娘娘的人因為遭到密告而受罰。所以雖然時代變了，還是極少有人提起那些事。」

黑暗彷彿滲入了安氏臉上的細長皺紋之中，讓她看起來更加蒼老。另一方面，從那些皺紋中滲透出的陰鬱感，卻也讓周圍的黑暗變得更加深沉。

「烏妃娘娘，您願意聽我訴說婉琳娘娘的往事嗎？等我死後，那些往事可能會從此遭到埋沒。因此我希望您能夠知道這些往事，並且拯救婉琳娘娘的靈魂……求您了……」

安氏在如此懇求之後，娓娓道出了一段故事。

我成為婉琳小姐的侍女，是在我二十二歲那年。婉琳小姐是吏部尚書大人的掌上明珠，當時剛滿十歲。我與婉琳小姐算是遠房親戚，如果從家族關係來看，我的家族反而比較接近本家，而婉琳小姐的家族算是旁支。但是婉琳小姐的父親當上了吏部尚書，自然成為了整個家族的領袖人物，凝聚了整個家族的期待。為了家族著想，家族裡的人都希望婉琳小姐能夠進入後宮，成為皇帝的妃子。但是要入宮成為妃嬪，必須要有足夠的學識及禮儀教養。我剛好是家族裡最合適教育婉琳小姐的人選，因此他們讓我成為婉琳小姐的侍女。

我曾經嫁為人夫，但後來與丈夫離異，搬回了娘家居住，每天過著鬱鬱寡歡的日子。直到遇見了婉琳小姐，我的生活才徹底改變。

婉琳小姐是個非常惹人憐愛的孩子，笑顏有如芍藥，聲音有如流水。我暗自發誓，一定要讓她成為全國最完美的妃子。

婉琳小姐的個性相當開朗，完全沒有心機，她喜歡閱讀傳奇小說及敘事詩詞，卻不喜歡《女誡》、《女則》這些婦女應該好好熟記的典籍。比起那些艱澀難懂的知識，她更喜歡奇聞異錄及愛情故事。這雖然讓人有些困擾，但在我的細心指導下，她的學識還是與日俱增。

過了幾年，婉琳小姐出落得亭亭玉立，有如瑰玉一般完美無瑕，任何男人看了，都會被她深深吸引。她不僅擁有第一流的琴藝，而且也很擅長書法及詩歌。若要說唯一美中不足之處，大概就是做事有些草率冒失，不懂得深思熟慮……但撇開這點不談，我有自信她的條件絕對不會輸給後宮的任何一位妃嬪。

沒想到後來出了兩個差錯……

第一個差錯，是關於婉琳小姐的出嫁對象。雖然想要將她送入後宮，但並非希望她成為當時皇帝，也就是炎帝的妃嬪。我們的目標是將她送入東宮，也就是成為皇太子的妃嬪。炎帝當時年事已高，再加上皇后也有了孩子，因此炎帝對後宮不太關心，後宮裡的妃嬪人數也少。相較之下，還是讓婉琳小姐嫁給皇太子才是明智之舉。

但是婉琳小姐入東宮一事，卻同時承受了來自皇后及東宮妃這兩派外戚勢力的壓力。這兩派勢力都擔心遠近馳名的美女婉琳小姐會將皇太子迷得神魂顛倒。婉琳小姐的父親與皇后及東宮妃這些外戚一直是處於敵對關係，父親似乎努力想要瓦解及拉攏那些外戚陣營，但最後失敗了，反而讓事態變得更加複雜。

就在父親為了對抗外戚勢力而東奔西走的時候，竟然有人在炎帝的耳邊刻意吹噓婉琳小姐的美貌。或許這是皇后派人馬或東宮妃派人馬的詭計也不一定，總之陛下受到慫恿，竟然真的對婉琳小姐產生了興趣。說起來很不可思議，陛下向來不好女色，而且深愛著皇后，從前一直對後宮妃嬪漠不關心，怎麼會突然對婉琳小姐產生那麼大的興趣？或許是年紀大了，一時失去理性，想要找年輕貌美的女孩享享豔福也不一定。

總而言之，既然陛下對婉琳小姐動了心，父親也只能將婉琳小姐送入陛下的後宮。不過雖然這樣的結果不同於預期，好歹也算是把婉琳小姐送到了皇帝的身邊，父親對此似乎頗有微詞，但我倒是認為並無不妥，不應該再奢求什麼。婉琳小姐在這種情況下入後宮，必定能夠獲得陛下的寵幸，雖然陛下已有皇后，但婉琳小姐一定能成為陛下最心愛的妃子。如此一來，我們的家族也將享盡榮華富貴。我可以說是抱定了主意，一定要把婉琳小姐風風光光地送進後宮。

沒想到婉琳小姐卻對這樣的安排興致缺缺，這就是我們的第二個差錯。

婉琳小姐應該從小就知道長大後自己是要進後宮的。原本以為自己要嫁給皇太子，此時卻變成要嫁給炎帝，得知後心情多少會有些震驚也是當然的。但她就算進了東宮的後宮，也不見得能獲得寵幸……當然全天下沒有一個男人能夠抵擋婉琳小姐的魅力，這點我十分明白，但主動入宮和在皇帝的要求下入宮，畢竟情況截然不同。

婉琳小姐如果能進皇帝的後宮，贏面會更大得多。我好說歹說，不斷鼓勵及斥責婉琳小姐。我告訴她，您不能這麼軟弱，您一定要掌控整個後宮，成為父親的最大助力，您一定要成為最完美的妃子……

我的一席話，深深感動了婉琳小姐。她雖泛著淚光，卻還是面帶微笑，說她會努力。

……沒想到就在隔天，宅邸裡闖進了竊賊。為了準備婉琳小姐入後宮的各種儀式，這時宅邸裡堆放了各種金銀珠寶，一定是因為這個緣故，才引來了竊賊的覬覦。當然屋子裡到處都安排了守衛，沒想到還是給了竊賊可乘之機。

竊賊的人數只有一人。這名竊賊沒有前往庫房，竟然闖入了婉琳小姐的閨房。我的房間就在小姐的隔壁，但說來丟臉，當時我睡得正熟，起初竟然沒有察覺有竊賊想要擄走婉琳小姐。庫房裡明明有多得數不清的財寶，那竊賊不去庫房，卻打起小姐的主意，或許是因為庫房受到嚴格看管，他找不到下手的機會。竊賊為什麼會知道婉琳小姐的房間在哪裡，這我也想不透，但他確實想要帶走婉琳小姐，這是千真萬確的事情。竊賊和婉琳小姐爭吵的聲音，讓我從睡夢中醒了過來。

那竊賊似乎一下子安撫，一下子懇求，不停壓低了聲音說話。婉琳小姐的聲音更加模糊，我聽不清楚，但可以肯定她一定是在嚴詞拒絕。我因為睡得迷糊的關係，躺在床上愣愣地聽了一會兒，但我一驚覺不對，便趕緊跳下了床，抽出平時放在床邊的小刀。我的房間有一道內門，可直接通往婉琳小姐的房間。我心中害怕不已，連站也站不穩，但還是鼓起勇氣，衝進了她的房間，大聲嘶喊有竊賊、有歹徒。

家裡的人陸陸續續圍了過來，那竊賊馬上就被逮著了。家人們將竊賊拉到亮處一看，我這才驚覺他是我認識的人。不，不僅是我，就連婉琳小姐也認識這個人。東市集有一間書肆，這年輕人正是書肆老闆的兒子，經常出入我們宅邸，偷偷拿一些婉琳小姐喜歡看的傳奇小說及敘事詩詞，送給婉琳小姐。那間書肆雖然規模不大，但那年輕人平常溫文儒雅，而且因為書肆裡販賣各種典籍，那年輕人也算是頗有學識，我原本對他印象不錯……

由於是平常熟識之人，婉琳小姐為他求饒，哭著懇求父親放他一馬，畢竟婉琳小姐是個心地善良的孩子。但是這年輕人企圖擄走即將送入後宮的尚書女兒，這等於是與皇帝作對，要是輕易饒了他，我們家族可能反而會背上叛逆的罪名。

另一方面，我們也不敢讓小姐差點遭賊人擄走的消息外洩，怕毀了小姐的名聲。最後父親決定在庭院裡將年輕人斬首，並向市署通報書肆老闆之子闖入宅邸行竊，市署立即禁止那書肆繼續開業，並且將那一家人趕出了京師。

婉琳小姐多年來非常信任那年輕人，與那年輕人頗有交情，沒想到那年輕人竟然獸性大發，企圖擄走婉琳小姐，最後遭到斬首。發生了這樣的事情，婉琳小姐當然會心情沮喪，她經常凝視著年輕人受斬刑的庭院，一動也不動，不知在想些什麼……年輕人的血染紅了庭院裡的泥土，因此小姐的父親派人挖掉那片泥土，另找些泥土來填補。幸好這件事並沒有傳入炎帝的耳裡，婉琳小姐最後還是順利進入了後宮。

婉琳小姐在後宮獲得了鵲妃的地位，以鵲巢宮為居所，從此變成了婉琳娘娘。雖然事情一波三折，但總算是了了大家的一樁心願。

我們原本都預期婉琳娘娘一定能夠獲得炎帝的寵愛，沒想到事與願違……鵲妃入宮過了半個月，卻尚未被臨幸。我們可說是等得望眼欲穿，但這段期間裡，皇帝不僅沒來見鵲妃，甚至根本沒有踏進後宮一步。畢竟王朝新立，百廢待興，我們早就聽說炎帝忙於政務，平日少進後宮，實際上果然如此。雖說炎帝是受了前朝皇帝的禪讓，但禪讓不過是表面的儀式，內情肯定不單純……唔，抱歉，我不該胡言亂語。是我失言，請您不要見怪。

總而言之，我們發現炎帝不來見鵲妃，除了忙於國政之外，還有另一個原因，那就是宦官從中作梗。我聽說炎帝身邊的宦官經常以鵲妃今日身體不適、鵲妃最近月事來了之類的理由，勸阻炎帝前來鵲巢宮。我得知這件事之後，心裡急得不得了。在後宮的事情上，宦官的影響力相當大，何況那些宦官能言善道，黑的也可以說成白的。

於是我趕緊寫了一封信給婉琳娘娘的父親，請他準備大量的金銀珠寶、綾羅綢緞。我拿這些財寶賄賂皇帝身邊的那些宦官，果然他們的態度有了極大的變化。他們告訴我，最近皇帝只要興致來了，應該就會前往鵲巢宮一遊。為了讓那些低賤的宦官幫忙說好話，我們竟然必須拿出私財賄賂，想起來就讓我懊惱不已，但為了婉琳娘娘，這也是沒辦法的事。

我每天想方設法幫助婉琳娘娘扭轉局勢，她卻只是終日看著庭院發呆。我勸她彈琴解悶，她卻充耳不聞。她明明知道，我每天低聲下氣巴結那些宦官，不知付出了多少心血……婉琳娘娘的懷裡，隨時放著一個從家裡帶出來的小小錦囊。我不知道那錦囊裡有什麼東西，但婉琳娘娘非常寶貝那錦囊，每次看著庭院發呆時，都把錦囊握在手裡。

有一天，我實在是看不下去了，把婉琳娘娘責罵了一頓。我告訴她，陛下今晚可能就會前來，妳身為妃子，怎麼可以擺出一副愁眉苦臉的樣子。沒想到婉琳娘娘竟然回嘴，說她根本不想進宮當妃子。

我聽到這句話，一時啞口無言，不知道該說什麼才好。最後只好苦口婆心地勸告，告訴她既然已經進了後宮，就不能說這種喪氣話。我相信一定是因為皇帝一直沒臨幸，導致娘娘每天神經緊繃，才會說出這種話來。因此我只是溫柔地安慰她，沒再對她發脾氣。婉琳娘娘從小是我教大的，我很清楚她的性情。我告訴她，妳不用心急，宦官已經跟我約好了，最近就會把陛下帶來。

——陛下永遠不來也沒關係。

沒想到婉琳娘娘竟然對我這麼說，臉上還帶著絕望的表情。我聽她說出這種話，氣得想要將她大罵一頓，但我強自按捺了下來。沒想到婉琳娘娘竟然又說……

——妳那麼喜歡陛下，乾脆妃子讓妳當吧。

我聽到這句話，一時氣血上衝，伸手想要朝娘娘的臉上打去。但在揮下手掌的那一瞬間，我暗叫不行，因此這一下沒有打在娘娘的臉上，而是她的手上。婉琳娘娘原本拿在手上的錦囊被我拍到地上，袋口鬆了開來，從裡頭掉出一些看起來像泥土的東西。沒錯，那正是泥土。我抓起那泥土細看，鼻中竟然聞到一股血腥味。

——難道是……

我立即逼問婉琳娘娘，這些土是哪裡來的。婉琳娘娘也不隱瞞，她告訴我，那是家裡庭院的泥土，而且是年輕人遭斬首處的泥土。雖然娘娘的父親把泥土換掉了，但她偷偷抓了一把，藏在錦囊裡。

為什麼婉琳娘娘要隨身帶著這種東西？難道……不，絕對不可能。婉琳娘娘絕對不可能對那年輕人……

我以雙手捧起地上的泥土，奔到庭院裡，連同錦囊裡的泥土一起撒在地上，伸腳用力踩踏。我以鞋底不斷踩著那些泥土，直到沾著年輕人鮮血的泥土與地上的泥土合為一體，再也分不開為止。婉琳娘娘抱住了我的腳，流著眼淚哀求我別這麼做。最後她整個人趴倒在地上，嚎啕大哭起來。

——這個女人是誰？

這個女人絕對不是我所細心栽培的婉琳小姐。她不是那個乖巧聽話的婉琳小姐。我的婉琳小姐絕對不會像這樣趴在地上痛哭，絕對不會不愛皇帝，卻去愛那個甚至沒有士大夫身分的書肆青年。

我一時感覺天昏地暗，什麼也沒有辦法思考。當我回過神來，發現自己正坐在榻上，愣愣地發著呆。宦官突然來訪，說皇帝今晚會臨幸鵲妃。我聽到這個消息，才恢復神智。陛下要來了。陛下終於要來了。只要陛下臨幸，一切的問題都會迎刃而解。剛剛那些事情，一定都是我在作夢。因為陛下一直不來，我太過不安，才會作了那樣的白日夢。

——婉琳娘娘！

我滿心以為婉琳娘娘應該在後頭的房間裡。為了告訴她這個好消息，我衝進了房間裡，卻發現房間空無一人。婉琳娘娘跑到哪裡去了？在這麼重要的時刻，婉琳娘娘應該要趁現在好好梳洗，打扮得漂漂亮亮才行。衫襦該選擇紅色，還是該選擇更加年輕的桃紅色？對了，髮髻也要梳得整整齊齊，插上翡翠簪及金步搖……

我一邊思考著這些事情，一邊到處尋找婉琳娘娘。難道她還在庭院裡哭泣？如果真是如此，這次一定要好好將她責備一番。不，或許溫柔地哄哄她，才是比較好的辦法。不，或許哭著向她懇求，最能發揮效果……等等，我到底在想什麼？那些都只是我的白日夢，婉琳娘娘絕對不會在庭院裡哭泣。

我走進庭院裡，果然沒有看見婉琳娘娘，不禁鬆了一口氣。沒錯，那只是我在作夢而已。雖然地上的泥土相當凌亂，有遭人踩踏過的痕跡，但那一定是宦官們在剪珍至梅的時候，把地面踩亂了。沒錯，一定是這樣。宦官就是這麼粗線條，叫他們剪一朵花，卻連同前面的花都踩死。他們只會顧著完成上頭交代的部分，其他什麼也不管。不，交代他們做的事情，往往也做不好。這次又把地面踩得一團亂，真是太可惡了，一定要趕緊叫宦官們來把地面重新填平才行。但這件事不急，眼前最重要的事情是把婉琳娘娘找出來。我一邊在心裡提醒自己，等等別忘了吩咐宦官整地，一邊朝著深處走去。

庭院的深處有一座池塘，那座池塘很大，而且很美，水面總是像鏡子一樣，閃爍著光輝。我隱約聽見那裡傳來了婉琳娘娘的聲音。

那聲音清脆悅耳，猶如潺潺流水聲。我一邊喊著婉琳娘娘，一邊走向池畔。那池水今天也是清澈耀眼，池邊楊柳樹的倒影清楚地映照在水面上。一陣清風拂來，柳葉隨風搖曳，水面也出現了小小的漣漪。我隱約又聽見了婉琳娘娘的聲音，於是在周圍左右張望，尋找婉琳娘娘的身影。

池畔長著不少半夏生。葉子約有一半泛白，看起來像是撒上了白色的粉末，小小花苞排列成長條，有如稻穗般垂下了頭。我看見一叢半夏生的旁邊，竟然擺著一雙錦鞋。那雙色彩鮮豔、繡著花鳥圖紋的錦鞋，正是婉琳娘娘的鞋子。

我趕緊奔到錦鞋的旁邊，凝神細看水面。除了偶爾會有一點漣漪之外，水面一片平靜，什麼也看不到。我立刻轉身想要奔回殿舍，但是下一瞬間，我的心中產生了遲疑。婉琳娘娘如果掉進水裡，當然必須趕快把她救起來。但如果把事情鬧大，傳進了陛下的耳中……

我不可能一個人跳進池塘裡救人，於是我只好把鞋子扔進池塘裡，回到殿舍，告訴大家婉琳娘娘不小心掉進了池塘中。我吩咐宮女們立即生火，多準備些乾布，並且叫宦官們立刻進池塘裡尋找。那池塘的水很清，他們馬上就找到了婉琳娘娘，將她打撈上岸。但當時她已沒了脈搏，我們等了很久，她還是沒有活轉過來。

妃子竟然在皇帝臨幸之前投水自盡，這件事要是傳揚開來，許多人都會受到牽累。因此我一口咬定，婉琳娘娘是不小心滑了一跤，摔進了池塘裡。所幸當時沒有任何人看見，不會有人否定我的說詞。婉琳娘娘投水自盡一事，就這麼被當成了意外事故處理。但即便如此，我們還是得背負疏於照顧的責任。一名準備迎接皇帝臨幸的妃子，竟然會在水邊行走，這種行為再怎麼說都太輕率、太不小心了。

不僅皇后為此大加斥責，連皇帝也勃然大怒。包含我在內，所有鵲巢宮的宦官、宮女們都受到責罰，就連婉琳娘娘的父親也難辭其咎。妃嬪受寵會恩澤親族，但妃嬪犯錯也會累及親族。婉琳娘娘的父親遭革去吏部尚書一職，謫貶至岳州。光是喪女之痛，就讓父親悲慟欲絕，再加上遭到貶官，聽說他在岳州生活不到半年，就抑鬱而終了。

我則是被轉調到了洗穢寮。那裡有宮女墳場之稱，收容的都是犯罪或罹病的宮女。從那天起，我每天都在洗著髒汙的衣物，雙手整天泡在水裡，連擦乾的時間都沒有。手指皮膚龜裂越來越嚴重，痛得我吃不消。我越想越是懊惱，為什麼我得每天在那裡以冰冷的水清洗那些骯髒的衣物？如果婉琳娘娘還活著，我根本不必吃這種苦。

就算再怎麼抱怨，也無濟於事，婉琳娘娘已經不在了……但我在洗著衣物的時候還是可以隱約聽見婉琳娘娘的聲音，夾雜在水聲之中。那宛如潺潺流水般的說話聲，我絕對不會聽錯。我相信一定是透過了水的連通，從那池塘傳來了婉琳娘娘的聲音。但娘娘到底說了什麼話，我實在是聽不清楚。那聲音既像是輕聲細語，又像是哽咽啜泣。我每天都聽見婉琳娘娘的聲音，沒有一天例外。我猜想婉琳娘娘一定是在水裡呼喚著我。每當我把衣物浸入水裡，在水裡搓洗，以及擰乾衣物讓水流下來時，都會聽見婉琳娘娘那甜美、清亮的嗓音。

我越想越覺得婉琳娘娘很可憐。婉琳娘娘的靈魂一定還徘徊在那座池塘裡。啊啊，我的婉琳小姐。

烏妃娘娘，請您救救婉琳娘娘。請您設法化度，讓她的靈魂能夠前往極樂淨土。

求求您，烏妃娘娘……

✿

安氏說完了這些話，身體忽然像一道煙霧般微微搖擺，接著消失得無影無蹤。壽雪輕嘆一口氣，從椅子上站了起來。

安氏雖然消失了，但顯然並非前往了極樂淨土。

「偶有似汝這般訪客。」

正如壽雪一開始所說的，夜明宮並非第一次有這樣的造訪者。前來拜訪烏妃的訪客不見得是人，也有可能是幽鬼。有些幽鬼知道自己已經死了，有些則否。安氏屬於後者。

壽雪走入帳內，將披在肩上的襦衣取下，放在榻上。一旁的星星早已睡死了。壽雪先坐在床緣，接著躺了下來。

「——救救婉琳娘娘……」

壽雪凝視著黑暗空間，半晌後閉上雙眼，不知不覺沉沉睡去。

隔天，壽雪找來紅翹問道：

「汝可知一安姓宮女？」

紅翹從前曾經待過洗穢寮，或許她曾遇見過這個人。紅翹眨了眨眼睛，將頭偏向一邊，思索了起來。當初在洗穢寮遇見紅翹時，她臉色慘白、氣若游絲，彷彿隨時會斷氣。如今她不僅臉色紅潤，且雙頰豐腴，與當時可說是天差地遠。壽雪從不曾詢問紅翹的年紀，但看起來應是三十歲前後。相較於性情急躁、情緒起伏明顯的九九，紅翹則一直相當成熟穩重。

「此女乃炎帝時鵲妃侍女，如今已入暮年。」

壽雪補充說道。紅翹一聽，忽然連連點頭，似乎是想起了這號人物。

「此女曾言耳中常聞已死鵲妃之聲？」

紅翹再度點頭。

「唔……」

壽雪取來一些衣斯哈習字用的廢紙，連同毛筆一起放在几上，接著磨了些墨，把筆交給紅翹，說道：

「安氏其人如何，汝細細道來。」

紅翹接過筆，略一沉吟後寫道：

她總是說能夠從水中聽見聲音，大家覺得她怪裡怪氣，也不敢和她太親近。

「旁人皆不聞其聲？」

紅翹點了點頭。

我並沒有和她直接交談過，並不清楚她的為人。

紅翹寫完這串字後，忽然又提筆蘸墨，畫出了一道曲線。原來這次不是寫字，而是畫起了圖畫。只見她依序畫出眼睛、鼻子、嘴、眉毛……一張栩栩如生的臉就這麼躍然紙上。

「嗯，維妙維肖。」

不過一眨眼功夫，紅翹就畫出了老婦人的臉，正是昨夜來訪的安氏。

「此女正是安氏……吾尚不知汝亦有丹青之才。」

畫圖比寫字說明快得多。

紅翹接著又振筆如飛，以更加簡潔的筆法畫出了另一張臉。那是一張年輕少女的臉，有著圓滾滾的臉蛋，以及宛如雲雀一般的可愛雙眸。壽雪一看，便知道她在畫誰。

「九九。」

紅翹笑著點了點頭。

「此圖棄之可惜……不，應另尋白紙繪之。」

紅翹慌忙搖頭。

「汝不願再畫？既是如此，吾欲留此圖。」

壽雪正欣賞著那張畫，九九從廚房端了茶進來。

「咦？怎麼會有這張畫？」

「紅翹畫汝之肖像。」

「哇……」九九瞪大了眼睛說道：「這是我？紅翹姊，妳真厲害。」

九九興奮地接著說道：

「紅翹姊，畫一張娘娘來看看嘛。」

「勿畫吾……除吾之外，尚有何人可畫？」

紅翹凝視著半空中，想了一會兒後緩緩落筆，紙上出現了新的人像。下巴寬厚的臉型，緊閉的雙唇，微凸的眼眶……

「此必桂子也。」

紅翹將桂子那莫名其妙臭著一張臉的神韻畫得維妙維肖。

「紅翹姊，陛下呢？妳會畫陛下嗎？」

九九興沖沖地問道。紅翹揚起雙眉，連連揮手，意思似乎是說「那太不敬了」。九九失望地噘起了嘴，說道：

「如果能夠畫成畫，就能夠好好觀察了。」

「彼不時來嘮三叨四，何必看畫？」壽雪說道。

「雖然陛下常來，但總不能一直盯著陛下的臉看。」

壽雪不禁心想，不過是一張毫無表情變化的撲克臉孔，有什麼好看的？

「如果能夠把陛下畫下來，貼在這房間裡，就算陛下沒來的時候，娘娘也不會寂寞。」

壽雪皺眉說道：「敬謝不敏。彼便不來，吾豈有寂寞之理？」

「娘娘，您只是嘴硬而已。陛下沒來的日子，您看起來可不知有多麼落寞。」

「……」

壽雪不禁心想，難道九九看見的是自己以外的另一個壽雪？到底要怎麼觀察，才能得出這樣的結論？

「那畫衣斯哈如何？」九九問紅翹。「要不然，畫溫螢哥也可以。」

紅翹比手畫腳告訴九九，畫衣斯哈並不困難，但溫螢的臉從來沒有仔細看過，要畫出來頗不容易。

「這麼說也對，他也不是經常待在這裡。」

溫螢雖是壽雪的護衛，但並不常出現在眾人面前。壽雪外出辦事的時候，他會躲在附近暗中保護；當壽雪回到夜明宮內，他則會在殿舍的周圍巡邏，觀察有無異狀。壽雪經常心想，溫螢的工作應該很枯燥乏味吧。畢竟自己並沒有招惹什麼隨時可能會逞凶為惡的敵人。

「下次有機會，妳一定要好好看清楚。溫螢哥可是長得很俊俏呢。」

紅翹見九九說得天真無邪，紅翹寫字訓誡道：可別打擾人家工作。壽雪在一旁喝著茶，默默地看著。

「娘娘。」

驀然身邊傳來溫螢的聲音，事前卻沒有半點聲息，嚇得壽雪差點摔落手中的茶杯。轉頭一看，溫螢正跪在通往外廊的門前。

「溫螢，汝如何得在此間？」

「下官剛回來。」

「可有斬獲？」

壽雪今天早上派溫螢去了一趟洗穢寮。

「昨晚已過世，死因聽說是肺病。」

「果然不出吾所料。」

安氏昨晚果然死了。

人一死，立刻化為幽鬼造訪夜明宮，可見得此人生前一直惦記著鵲妃婉琳之事。她曾說過經常聽見婉琳的聲音，或許是想忘也忘不了吧。

壽雪於是起身說道：「吾欲往鵲巢宮池塘一觀。」

溫螢點頭說道：「請隨下官來。」

「我也……」九九一句話還沒有說完，壽雪已打斷她的話：「片刻即歸，無須汝隨侍。」九九還想抗議，紅翹在她身上輕戳，她才沒再開口。

「衣斯哈掃除將畢，必來房內，汝可與紅翹兩人教彼習字。」

九九接到命令，登時破顏微笑，道：「請放心交給我吧，保證讓他學得又快又好。」

於是兩人走出殿舍，前往鵲巢宮，鵲巢宮位在夜明宮的南方。

兩人穿過杜鵑花與栴樹的樹林時，溫螢似乎聽見了什麼聲音，猛然抬頭望向頭頂。忽然一陣振翅聲響起，一隻鳥竄飛而過。黑褐色的羽毛帶著白色斑點，正是星烏。與此同時，一根羽毛飄落到壽雪的腳邊，溫螢鬆了口氣，說道：「失禮了。」

「無妨。」

壽雪拾起那羽毛。雖然是黑褐色，卻帶著綠色的光澤，前端泛白，看起來相當美麗。如果拿來送人，對方一定會很開心吧。壽雪的腦海浮現了幾個人的臉孔，但旋即放掉羽毛，快步向前。這不是烏妃該做的事情。

鵲巢宮的特徵，在於鵲鳥造型的雕刻瓦片，以及圍繞著殿舍的花蘇芳[3]。

每到春天，附近一帶便會綻放出鮮豔的紫紅色花朵，即使從遠處看也相當醒目。若在陰霾的日子裡觀看，一大片的花海有如紅色的晚霞。屋頂上裝飾用的鵲鳥瓦片是一對，喙裡各

3　紫荊花的別稱。

自叼著築巢用的樹枝。

「池塘在庭院深處，從位置來看，算是此宮的邊緣地帶。」

溫螢從花蘇芳旁穿過，不斷往前走去。花蘇芳此時皆已落盡，垂枝上只餘一根根青莢。

「汝亦曾於此宮值勤？」壽雪問道。

「有的。」溫螢只簡單應了一聲。若不是為了探聽消息，就是為了觀察宮內狀況吧。

「汝必深受衛青倚重。」

「若能如娘娘所言，實是望外之喜。」溫螢並沒有轉頭，接著說道：

「下官已知會過鵲巢宮的宦官，不用擔心會被撞見。」

溫螢似乎每到一個新的宮局，都會在該處結交一些宦官朋友。如此一來，當接到特別的任務時，都可以在宮局的內部找到協助之人，就像這次一樣。

兩人繞到宮後，走進了基層雜役人員所使用的圍牆小門。門內可看見廚房，以及貌似宮女、宦官宿舍的建築物。壽雪觀察到，各妃的宮內格局結構似乎都大同小異。

池塘一帶相當陰暗。安氏曾說水面如同鏡子一般漂亮，此時親眼一看，確實池水清澈，周圍卻瀰漫著一股陰鬱的氛圍。或許是很久沒有人整理環境的關係吧，映照在水面上的楊柳，上頭纏繞著大量的藤蔓，垂掛的枝條也凌亂不堪。許是因季節的緣故，池塘畔的花花草草長得過於茂盛，青草氣味與流水的味道混雜在一起，幾乎讓人呼吸困難。至於安氏所提到的半夏生更是滿地皆是，顯然比當年安氏所見的情況還要茂盛得多。

如果要以一句話來形容，大概就是「雜草叢生」吧。

「這裡距離殿舍頗遠，再加上曾發生過妃子溺死的意外，因此平常少有人走動。現在的鵲妃，也因為這一帶頗為陰森而絕少涉足。如今這座池塘幾乎已遭人遺忘。」

「原來如此。」

這一帶如果好好整頓的話，應該會是個風光明媚的地方。壽雪正仔細觀察周圍景色，驀然間，一道影子出現在高大而茂盛的草叢之間。溫螢立即上前警戒，卻遭壽雪伸手制止。

那道影子並不是活人。

那影子就像一團煙霧，甚至並不具備人的外形。過了一會兒，煙霧才逐漸凝聚成形，出現了一張人臉。張著大口，滿是皺紋。接著出現了一身褪色的土黃色長袍，而那影子拖著長袍逐漸走向池塘邊。

那影子正是安氏。她的模樣比昨晚悽慘得多。不僅白髮凌亂，身體瘦得像皮包骨，且膚色如土，龜裂嚴重，眼眶凹陷，兩顆眼珠卻是又黑又大。長袍的下襬也已破爛不堪，每走一步便掉落一些碎片。

安氏蜷曲在岸邊，將頭探向水面，以拖長的聲音不停喊著「婉琳小姐」。她凝視著水面，一再做出伸手掬水的動作。但幽鬼無法碰觸任何物體，那水面文風不動。即便如此，安氏仍沒有放棄，雙手依然在水中撈個不停。

壽雪朝著安氏走去，耳中似乎聽見了細語呢喃的聲音。越是靠近安氏，那聲音越是清晰可辨。

「一點也沒有減少……怎麼會這樣……只要……只要沒有這些水……」

「汝今尚聞婉琳之聲？」壽雪問道。

安氏抬起頭，眼珠一轉，望向壽雪。接著發出一聲驚呼，拜倒在壽雪腳邊，哀求道：

「烏妃娘娘！您來了！請您救救婉琳小姐吧！」

壽雪望向池塘。池面一片祥和，僅不時有微風拂起漣漪。除了安氏之外，看不見任何幽鬼，當然也沒有任何異聲。

「……婉琳已不在此水中，應已往極樂淨土去矣。」

安氏睜大了那凹陷的眼皮，說道：

「娘娘！您說這是什麼話？難道您沒聽見她的聲音嗎？」

「何聲之有？」

「您聽聽！婉琳小姐又開始呼喚了！她不斷在呼喚著我……不斷在呼喚著我……」

安氏對壽雪的話充耳不聞，只是一邊呢喃，一邊戰戰兢兢地望向水面，再次開始掬水。

「得把這些水全部撈掉才行……只要沒有這些水，就不會有聲音了……」

安氏不斷重複掬水的行為，卻沒有一滴水被她掬起。只見她的手掌越來越乾癟，骨形清晰可見，銳利的指甲越來越長，頭髮越來越凌亂，兩眼閃爍著異樣的神采，隨即嘴角越咧越長，整張臉彷彿裂成了兩半。

「娘娘……」

溫螢的口氣中帶了三分警戒與三分驚疑。

「無妨。」壽雪說道。

「安氏，汝何以畏其聲，以至於斯？」

安氏停下了動作，抬頭仰望壽雪。目前她似乎還能聽得懂壽雪的話。等到她完全聽不懂人話，外貌也更加偏離人形，她將會化成真正的「鬼」，而不再是單純的幽鬼。

「汝所懼何事？可速道來。」

安氏睜大了眼睛，雙手微微顫動。

「我……我並不是恐懼……而是憐憫婉琳小姐……」

壽雪靜靜搖頭說道：「休得瞞吾。汝對婉琳並無一絲憐愛。」

安氏啞口無言，只是瞪著壽雪。

「汝句句婉琳，僅為以其名作欺瞞之用。婉琳何辜，死後尚受此罪？」

「我豈敢有所欺瞞？娘娘這麼說，完全是誤會了。」

安氏的雙眼流出了淚水。但因面貌駭人，那兩道液體看起來也不像是淚水。她以尖銳的指甲抓起了地上的泥土，說道：

「我從二十二歲起，就把自己的一切奉獻給了婉琳小姐。如果沒有我的犧牲奉獻，婉琳小姐絕對沒有辦法順利進入後宮。一個家族地位比我低得多的十歲小丫頭，我為什麼願意當她的侍女？說穿了，還不是因為無處可去！我只不過是兩、三年沒生孩子，夫家的人就說我是『石女』，把我趕出家門！我回到娘家，日子過得可不知有多麼煎熬！一個被大家說生不出孩子的女人，當然也沒有辦法改嫁。我逼不得已，只好接受當那小丫頭的侍女。她那個官場得意的父親，跟那個完全把我當成侍女看待的小丫頭，都讓我恨得牙癢癢的。即便如此，我還是全心全意地教育婉琳小姐，將她教養成了一位即使放到後宮也絕不丟臉的貴夫人。我能做到這個地步，已經很了不起了，不是嗎？」

安氏發出怒吼般的聲音。

「但是……婉琳小姐那個臭丫頭，竟然忘恩負義！」

安氏不停捶打著地面。壽雪聽她以「忘恩負義」來形容婉琳的投水自盡，心中不禁有著萬般的感慨。

「……婉琳已死。」

壽雪呢喃說道。安氏驟然停下動作，說道：

「沒錯……沒錯……婉琳小姐已經死了。但她一定很恨我，因為她認為一切都是我的錯。我心裡很清楚……所以我害怕婉琳小姐找我報仇！」

安氏說到這裡，也不再粉飾言詞，她直截了當地說道：

「烏妃娘娘，請您救救我！我不時聽見婉琳小姐那充滿怨恨的聲音！請您保護我吧！婉琳小姐現在還在水底……不停地……不停地呼喚著我。她一直在找機會，想要把我拉進這池塘的底下！請您一定要救救我！」

有著妖魔般醜惡面貌的安氏，不斷對著壽雪苦苦哀求，壽雪卻只是默默地站著不動。如果可以的話，壽雪希望盡可能將幽鬼送往極樂淨土；如果可以的話，希望盡可能消除幽鬼們所承受的煎熬。問題是要怎麼幫助眼前的安氏，壽雪完全摸不著頭緒。

安氏不停懇求沉默不語的壽雪，雙手想要拉扯壽雪的衣服下襬，卻是什麼也觸摸不到。

「汝非吾能救。」

「烏妃娘娘，您不能見死不救……」

「欲拉汝入水者，為汝自身也；自水中呼喚汝者，亦為汝自身也。此皆非他人所為，汝應細聽之。」

安氏不再哀求，只是發著愣，眼珠不斷抖動，似乎在害怕著什麼。

「汝所懼者，汝自身也。非婉琳其人。」

「不……不……」安氏用力搖頭，凌亂的頭髮垂掛在臉上。

只有心虛的人，才會聽見不存在的聲音。安氏心中最大的恐懼，並不是婉琳，而是逼死婉琳的自己。

安氏忽然大叫一聲，仰頭翻倒在岸邊。她舞動雙手，不斷想要將水撈出，但那池水依然毫無動靜。只見安氏的呼吸越來越急促，雙手不停撥水的同時，身體也逐漸沒入水中。她搖搖擺擺地往前進，水面先是浸到了她的腰際，接著到了肩膀，最後則是頭部。

那滿頭白髮的腦袋，終於完全沒入了水面下。

「啊啊，在水裡就聽不見聲音了……」

水中響起了安氏鬆了口氣的聲音。接著四周歸於一片靜謐，唯有池面依然祥和。

「……娘娘，這是……」溫螢問道。

壽雪搖了搖頭，說道：

「以水之力，日久或可救其靈魂。」

冰冷而沉重的池水、照入水中的耀眼陽光，以及映照在水底的閃爍光影，這一切，或許能夠將那幽鬼的靈魂加以研磨、沖刷及溶解，這些都是壽雪做不到的事情。

「溫螢，取少許藤蔓與吾。」

壽雪指著纏繞在柳樹上的藤蔓說道。不一會兒，溫螢便捧了一捆藤蔓回來。壽雪將藤蔓結成環狀，從懷裡取出一張小紙片，綁在藤蔓上。紙片上以朱墨寫著一些紅字。壽雪將藤蔓拋入池內，藤蔓在水面上濺起少許的水花，接著便沒入水中，池面上只留下一些漣漪。

「此乃巫術，麗娘習之於一巫術師。今吾施此法，使安氏再不能擅離此池，但須注意勿令生人靠近。」

所幸這個地方本來就沒有什麼人會來。

「可歸矣。」壽雪轉身說道。

溫螢跟了上來。「敢問娘娘……」

「何事？」

「像這樣誤入歧途的幽鬼，連娘娘也無法驅除？」

壽雪略一思索後說道：

「……除之不難，但吾實不願為。」

「有什麼不妥之處？」

「滅之則魂飛魄散，盡歸於無，再不得往赴極樂。吾有何德，能選別魂魄，取其良而除其莠？」

死者必有其可悲之處。壽雪是活人而非死人。以活人之身而斷死者之罪，是一種傲慢的行為。

「人鬼殊途，吾所能為者，或連其牽掛，或斷其羈絆，若此而已。」

想要拯救死者的念頭，也算是另一種傲慢。但壽雪有時實在是不忍心視若無睹。

如果是麗娘的話，相信一定能處理得更好才對。

壽雪帶著沉重的步伐遠離了池塘。那來自水底的聲音，已經完全聽不見了。

回到夜明宮一看，九九與紅翹分別站在衣斯哈的兩側，正在教他習字。

「啊，烏妃娘娘！」

衣斯哈連忙起身，跪在壽雪身邊說道：

「我這裡有一封給娘娘的信。」

「信？從何而來？」

「是大家要給娘娘的。」

「棄之可也。」

衣斯哈嚇了一跳，抬起頭來說道：「但……但是……」

壽雪不想造成孩子的困擾，於是伸出了手，說道：

「信在何處？」

「在這裡。」衣斯哈鬆了口氣，遞出皇帝所寫的書信。

那信紙以雙魚紋的吹繪紙包住了，上頭還散發著淡淡的香氣。壽雪心想，這一定是衛青故意諷刺之舉。以高峻的性格，絕對沒有在信上薰香的雅趣。

壽雪攤開那信封，心裡想著如果是無關緊要的內容，就把這封信給衣斯哈當習字的範本。高峻所寫的字相當工整，很適合給初學者當作參考。

壽雪迅速看完信中的內容，不由得雙唇緊閉，沉吟了起來。

「娘娘，您怎麼了？」九九問道。

「唔……」

壽雪闔上信紙，放進了懷裡。

——冬官薛魚泳為麗娘舊識，朕近日將安排讓妳與他一談——

高峻為什麼要安排自己與冬官見面？壽雪不會禁感到納悶。光從這簡短的幾句話，無法看出高峻心裡在打什麼主意。信中說那冬官為麗娘舊識，這又是怎麼回事？

「娘娘何時要回信？請交給我來送吧！」

「不必……」

壽雪一句話還沒有說完，見衣斯哈的眼神中充滿了期待，不由得猶豫了起來。衣斯哈似乎非常期待能夠替自己做事。

「……待吾片刻。」

壽雪無奈，只好從櫥櫃裡取出一張薄縹色的麻紙，提起了筆，只在上頭寫下一字可，便摺起交給衣斯哈。衣斯哈興奮得雙頰泛紅，語氣堅定地說道：「我一定會把娘娘的信交到大家的手上！」

「此信無甚緊要，不必……」

壽雪還沒有說完，衣斯哈已興沖沖地奔出了殿舍。

「他心裡很想報答娘娘的恩情呢。」九九笑著說道。紅翹也在一旁笑容可掬地點著頭。

「報答恩情？」

「他無處可去，全賴娘娘收留了他。」

「……彼無處可去，亦吾之過。」

「娘娘，您怎麼這麼說？把衣斯哈趕出飛燕宮的，是他的師父，可不是娘娘。何況那師父得了病，就算沒把衣斯哈趕走，恐怕也沒辦法再指導他……」

「什麼？」

紅翹頂了頂九九的手肘。九九趕緊摀住了口，紅翹以嘴形咕噥了一句「大嘴巴」。

「彼師父得病？」

「好像不是什麼大病。對不起，我不該隨口說些無關緊要的事。」

九九以深感自責的口吻說道。

「無妨，既是無關緊要之事，吾姑且聽之，亦不深究。」

「謝謝娘娘……」九九露出了鬆一口氣的表情。

紅翹拿起一張廢紙，在上頭寫下了一句：娘娘，不能太寵她。壽雪一看，忍不住揚起了嘴角。

這天夜裡，壽雪獨自面對著小几，几上擺著各種顏色的麻紙。淡紅色、黃色、杏仁色、枯草色……各色的麻紙上皆撒著金箔及銀箔。几上的另一頭擺著筆墨。筆是斑竹雀頭筆，這是一種筆毛形狀有如雀頭的的毛筆。墨則是陽刻產的上等舟形墨，據說是東方的名產。

衣斯哈遞送了壽雪的回信後，竟然捧了這一大堆東西，搖搖晃晃地返回夜明宮。高峻贈送這些東西給自己，當然是暗示「多寫一些信給他」。壽雪不禁心想，雖說朋友間也能互通書信，但又不是情人，怎麼可能一天到晚寫信給對方？聽說高峻是很愛寫信的人，妃嬪們也經常收到皇帝的信，這讓壽雪一方面感到意外，一方面不禁咕噥這傢伙實在是吃飽太閒。

壽雪將麻紙扔進漆盆，筆、墨收進文具盒裡，接著起身想要把這些東西放進櫥櫃。驀然間，她感覺體內彷彿有什麼東西碎裂了。

「……咦？」

壽雪按住了手腕——法術，被破解了。

壽雪急忙走向門口，而後星星又開始奔跑蹦跳，撒了滿地羽毛，她卻只是視而不見。來到了殿舍外後，壽雪依著白天所走過的路，前往了鵲巢宮。

皎潔的月色照亮了前方的道路。樹叢在地面上投射出了與白天截然不同的陰影，那深藍色的陰影彷彿可以將天下萬物吸入其中。

周圍隱約可聽見蟲聲，但還稱不上響亮，當萬蟲齊鳴有如天籟，便代表時節已入盛暑。

壽雪從花蘇芳的旁邊通過，繞到了鵲巢宮的後側。一道道比月光更加明亮的光芒，從殿舍的方向射來。那些光芒皆來自外圍走廊上的一盞盞吊燈，燈光雖然刺眼，周圍卻是一片死寂，形成了強烈的對比。壽雪腳下毫不停留，朝著池塘的方向走去。

或許是因為夜晚一片漆黑的關係，池塘一帶給人的感覺不像白天那麼雜亂無章。在月光的照耀下，茂盛的藤蔓及草木反而帶有一種空靜之趣，只是難掩三分蕭瑟。

——果然……

白天所施展的藤環之術，已經失效了。剛剛的碎裂感，正是術法遭破解的徵兆。而且……壽雪仔細觀察池面。在寒冷月光的照耀下，水面一片寧靜，僅映照出了柳條的黑影，卻完全沒有安氏的聲息。

難道安氏破解了自己的術法，潛逃得不見蹤影了？不，不對……

術法的確是遭人從外側破解了。更何況現場還是遺留了一點安氏的氣息，就好像靈魂的微小碎片散落了一地。

壽雪感覺到自己的呼吸越來越粗重。這散落了一地的微弱氣息是怎麼回事？簡直就像是……遭到吞噬之後餘留下的一點殘渣。

壽雪下意識地往後退了一步，感覺兩腿發軟，全身顫抖。

這種恐懼的感覺，不久前也曾有過。在那新月之夜，烏漣娘娘遠離宮城，在那港村遇見那青年的時候，那股油然而生的恐懼正與現在相似。

面罩中的男人

高峻從臣子何明允的口中，聽到了關於那面罩的事。這天朝議結束後，兩人一同站在殿舍的外廊，欣賞著蓮花池。雖然蓮花已閉，但淡紅色的花苞仰天而立，依然給人一種高風亮節的美感。水面反射的陽光照得眼睛幾乎睜不開，這陣子越來越炎熱，就算是走在陰暗處，身上依然會冒出汗水。

「微臣聽到了一樁怪事。」明允在聊了一會兒宮城外的種種異聞後，忽然說起這件事。「微臣有個朋友，專做絲綢的買賣，他的生意做得很大，在西市擁有一家相當大的店鋪。他是擁有商業頭腦的人，卻有個壞習慣，那就是蒐集古董。不，與其說是蒐集古董，不如說是蒐集古物。他所蒐集的都是些不登大雅之堂的東西，套句他妻子的說法，都只是些『破銅爛鐵』。」

明允露出了苦笑。年過四旬的他，整個人散發出一股睿智的風采，正適合做出這種略帶苦澀的表情。

「他的妻子經常感嘆，如果丈夫蒐集的是價格不菲的珍奇古董，那也還罷了。偏偏丈夫喜歡蒐集的都是些上不了檯面的東西，就算要當成有錢人的興趣，也嫌不夠氣派。微臣倒是認為就算是這樣的興趣，也比喜歡尋花問柳好得多。總而言之，因此之故，微臣那朋友的家裡堆滿了不知是貍還是貓的雕像、看不出用途的金屬工具、從海岸邊拾獲的異國玻璃器物等稀奇古怪之物。每次微臣去拜訪他，他總是會拿出那些東西一一介紹，說得天花亂墜，讓微臣有些困擾。這姑且不談，總之在那些『破銅爛鐵』裡，竟然有一樣不太乾淨的東西。」

「不太乾淨？意思是有幽鬼依附在上頭？」高峻問道。

「陛下真是一點就通。」明允回答道：

「那是一塊布面罩，據說是向客商❶購來的。」

「布面罩？你指的是樂人❷在儀式上所戴的那玩意兒？」

「是的，一塊四方形的麻布，上頭畫了臉，眼睛及嘴巴處有洞，可以像這樣戴在頭上，從後頭綁上繩子。」

明允一邊說明，一邊做出動作。

「朕常心想，戴著那種東西演奏樂器，應該是又悶又熱吧？」

「是啊，但這是自古流傳下來的傳統，也只能忍耐了。總而言之，微臣那朋友所買的那

1　旅行商人。
2　音樂表演者。

塊布面罩，上頭不僅有汙漬，而且墨也褪了色，怎麼看都是不值得花錢購買的東西。但那朋友說他很中意布上畫的那張臉，所以就買下來了。經他這麼一說，微臣仔細觀察那上頭所畫的五官，確實表情中帶了一絲哀愁感，頗有引人側目之處。但在微臣的眼裡，還不到會讓人想要掏錢購買的程度。總而言之，微臣那朋友買了這塊布面罩，馬上就戴在臉上。說到這點，微臣也很佩服他敢把那塊髒布往臉上貼。」

明允皺著眉頭打了個哆嗦。看來他是個有潔癖的人。

「沒想到他一戴上，竟然看見了一個男人。」

「男人？這是怎麼回事？」

「那面罩在眼睛的部位開了洞，照理來說應該能看見眼前的景象，但是微臣那朋友戴上那面罩後，竟然看不見眼前的景象，反而看見了一道朦朧的男人背影。那男人垂著頭，身上穿著一件骯髒的長袍……」

「噢？」

高峻轉頭望向明允，問道：「後來呢？」

「微臣那朋友吃了一驚，趕緊把面罩摘了下來。但他不愧是商家大賈，不知該說是膽識過人，還是腦袋少根筋，後來他竟然在宴會場合上，喝得酒酣耳熱之際，趁著酒興把那面罩拿出來向眾人炫耀，還把那面罩再次戴上了。」

明允一邊說，一邊搖頭嘆息。他這個人既不喜歡喝酒，也不喜歡宴會。

「沒想到那面罩眼洞裡的男人……」

明允說到這裡，朝高峻瞥了一眼，先強調了一句「畢竟是醉漢的瘋言瘋語，請陛下不要太當真」，接著才說道：

「聽說那原本只露出背影的男人，竟然把頭轉了過來。那是個雙頰凹陷、臉色蒼白的男人，以一對空洞無神的眼睛看著微臣那朋友……」

據說那朋友嚇得醉意全消，趕緊摘下了面罩。

「後來他一直感覺身體不太舒服，全身發冷，因此草草結束了宴會，上床睡覺。接下來有兩、三天的時間，他發起了高燒，完全無法下床。雖然幾天後恢復了健康，但是他的妻子怕得不得了，要求他把面罩收起來，不准再拿出來戴。不過在微臣看來，那朋友喝醉了之後總是喜歡拉起衣服胡鬧，受了風寒也不是什麼奇怪的事情，或許與面罩無關。」

「……這面罩如今依然在他的手上？」

「咦？是啊，他說這東西太可怕，不敢隨意丟棄。」

「嗯……」

高峻輕撫著下巴，說道：

「你能為朕借來這面罩嗎？」

明允愣了一下，說道：

「那當然是沒問題，但是……」

明允的臉上神情相當古怪，彷彿在說著「那種髒兮兮的面罩，借來做什麼」。

「朕不是自己想看，是想拿給一個人看。」

——壽雪應該會對這個東西感興趣。

高峻心裡想著。

「既然是這樣……」明允雖然一臉詫異之色，但沒有再多問什麼，對著高峻一揖，說道：「這件事就交給微臣去辦吧。」

就在這時，衛青走了過來，在高峻的身邊跪下，說道：「雲中書令求見。」

高峻轉頭一看，雲永德正彎過外廊的轉角。雖然是個身材矮小的老翁，卻是健步如飛，顯得精神矍鑠。當初高峻還是皇太子之時，雲永德是東宮府的太師，打從那時候起，他就是高峻最強而有力的外援。他不僅是名門望族雲家的當家，更是花娘的祖父。當初若不是他全力支持，高峻肯定無法順利登基。

永德對著高峻行禮畢，轉頭望向蓮花池。

「現在正是欣賞蓮花的好時期，陛下終於也有了愛花之心。您小的時候，對花朵一點興趣也沒有呢。」

「說到這個，朕最近才發現各宮妃子的庭院裡都種著美麗的花朵。」

永德的臉上露出了哭笑不得的表情。

「你別誤會，朕當然知道庭院裡有花，只是朕過去從來不曾留意過。」

「陛下忙於國政，這也是沒辦法的事。從今以後，陛下可以多與妃子們一同賞花，亦是風雅之事……對了，原來最近陛下對花感興趣，難怪老臣聽說陛下送了些菊花到飛燕宮。」

「你耳朵真靈。雖然還不到花季，但如果想到的時候不趕快送，過陣子可能就忘了。」

「這真像陛下的作風。陛下的這番心意，想必讓燕夫人喜出望外。其實鴛鴦宮也有美麗的月月紅，雖然花期已過，但建議陛下也找個機會與鴦妃一同欣賞，不知陛下意下如何？」

高峻聽得出來，永德這句話帶了三分譏刺。但高峻什麼也沒說，只是凝視著蓮花的花苞。所謂的「花期已過」，也是暗指花娘的年紀過大。其實花娘的年齡雖然比高峻大了些，但也還不到年華老去的程度。

「送本書應該比送花更能讓花娘開心。」

「原來如此，這確實有道理。鴦妃的事情，陛下或許比老臣更加瞭解。老臣野人獻曝，請陛下見諒。」

永德發出爽朗的笑聲，接著轉頭朝明允說道：

「姑老爺，近來無恙？」

「託福。」明允微笑回答。

明允娶了永德的么女，因此永德總是稱呼明允為姑老爺❸。永德願意將女兒許配給明允，完全是看上了明允有過人之才。事實上，永德確實有識人之明，如今明允不僅僅是學士承旨❹，更是戶部侍郎❺。學士本身並不具官品，因此朝廷另外封了職事官給他。光從這一點，並不難看出這個男人有多麼優秀。

「對了，陛下……您可曾聽聞飛燕宮宦官遭到詛咒一事？」

「嗯，這件事朕也曾聽到風聲。」

「據說是一名臥病在床的宦官，說什麼遭到烏妃詛咒。」

「多半只是些胡言亂語。」明允嘆了口氣。「後宮還是老樣子，到處是這種流言蜚語，得好好整頓風紀才行。」

「或許是胡言亂語，但近來發生的許多事情，不知為何都與烏妃有關……陛下，您不這麼認為嗎？」

「朕可不像你這麼耳聰目明。」高峻刻意裝傻。

永德尷尬地摸著鬍子說道：「老臣也不是一天到晚在打探消息。」

高峻淡淡一笑，說道：「朕明白。」

說完這句話後，高峻轉身離開外廊的角落。由於陽光耀眼明亮，當轉身背對太陽時，反而覺得日蔭處異常昏暗。驀然間，高峻感覺到一陣寒意壓迫著胸口，不禁停下了腳步。

「陛下，請問接下來要去哪裡？」

「……回內廷。」

高峻邁步而行，衛青安靜無聲地跟在後面。

「陛下，跟烏妃扯上關係，可不會有好事。除了烏妃之外，後宮還有很多妃嬪。」

永德在背後提出警告。高峻又應了一聲「朕明白」。

3 指女婿。
4 首席的學士。
5 副部長。

「如果沒有讓您滿意的妃嬪，老臣之前也提過，老臣有個小孫女，年齡正好合適，她是鴦妃的妹妹……」

「現在的妃嬪已經綽綽有餘。」

高峻不再理會永德，快步彎過了轉角。後宮的宮女、宦官之中，有不少永德的「眼線」，這點高峻心知肚明。永德迫切希望花娘能生下皇子，近來已漸漸失去耐心，這點高峻心裡也很清楚。

雲中書令年高德劭，是高峻從小到大的老師，不僅足智多謀，而且清廉正直，更是高峻的大恩人。正因為如此，高峻必須付出的回報大到令自己喘不過氣來。

當然永德的心裡並不這麼想吧。永德是支撐著高峻的權力基礎，為了讓基礎更加鞏固，血緣關係是不可或缺的要素。這個高峻當然明白。花娘是個可愛的女孩，永德為了穩固他的皇位可說是不遺餘力，這些高峻都知道。

但高峻實在難以忍受潛藏在永德的談吐之間，或者可以說是藏在內心深處的那股意念。

——我在你的身上付出了那麼多的心血，你絕對不能背叛我，絕對不能違逆我。

當母親及丁藍遭到殺害時，當高峻被廢去太子地位，遭到了幽禁時，是雲永德一直站在自己這一邊，不停激勵、鼓舞著自己。高峻沒有一刻忘記皇太后那刺耳的訕笑聲，卻幾乎已想不起來當年永德鼓勵自己的那些聲音。

高峻感覺到彷彿有一陣冰冷而陰暗的腳步聲，正在背後一步步逼近。

與此同時，壽雪坐在轎子裡，心裡想著原來坐轎子的感覺是如此搖來晃去。這是她第一次坐轎子，心裡原本預期轎子裡頭應該會更加平穩、舒適。

抬轎的人都是宦官。除了轎子的前後都有宦官之外，九九及溫螢也跟隨在側。由於垂著簾幕，壽雪看不見外頭的景象，但踩踏在白色鵝卵石上的規律腳步聲卻異常清晰。

轎子的目的地，是星烏廟。

這是正確的決定嗎？

薛魚泳與麗娘是舊識，這一點讓壽雪產生了興趣。壽雪想要與薛魚泳見上一面，問一些關於麗娘的事情。

踩踏鵝卵石的腳步聲戛然而止，宦官們放下了轎子，其中一人拉開簾幕，耀眼的陽光射入轎內，讓壽雪忍不住瞇起了雙眼。等到眼睛適應了光線後，她才跨出轎外，轎子裡相當悶熱，此時終於得以出轎，壽雪也不禁鬆了口氣。

一群身穿灰袍的冬官府人員，排列在圍牆門的內側，而站在中央的一名老人，身上長袍是顏色特別深的灰黝色。壽雪緩緩走向老人，每走一步，腳下的碎石便發出細微聲響。

「汝便是薛魚泳？」

壽雪問道。老人目不轉睛地看著壽雪，臉上帶著渾然忘我的神情，跪下說道：

「微臣冬官薛魚泳。」

「麗娘曾言及汝名。」壽雪凝視著魚泳，伸手示意平身。魚泳在聽到麗娘這個名字的瞬間，眼中閃過一抹異樣的神采，待兩人四目相交，魚泳卻是立即垂下了頭。

「娘娘屈駕前來此遠僻之地，實令微臣惶恐汗顏。」

說完之後，魚泳便將壽雪領進了廟後的殿舍。壽雪一見那星烏廟，心中的第一個感想是「有如廢墟」，漆色肉眼可見的褪化斑駁，整體呈現出一股荒涼感，沒想到烏漣娘娘的廟竟然真的會變成這副模樣。雖然早已聽過傳聞，但親眼一見，還是不禁感到詫異。

魚泳將壽雪引進了一間房間裡，兩人相對而坐，那椅子也相當老舊，坐下時發出了嘎吱聲響。房內四壁蕭條，陽光自槅扇窗外透入，毫不留情地照出了歲月的痕跡。

「……娘娘似乎沒有遵循前任烏妃娘娘生前的指示。」

魚泳等到放下郎送上了茶，退出門外後才呢喃說道。

「現在娘娘的身邊既有宮女，也有宦官。」

壽雪朝門外瞥了一眼。此時九九及溫螢都守在門外。

「吾本無意違背。」壽雪忍不住為自己辯解。「實是時勢所迫。」

魚泳搖頭說道：

「只要身邊多了一人，就會逐漸失去自制的能力。如今娘娘已無法再回到一個人生活的日子了。」

壽雪心中慚愧，不知如何回應。

「麗娘小姐要是在世，真不知道會說什麼。」

魚泳嘆了口氣。壽雪緊咬嘴唇，低下了頭。遭麗娘的舊識如此責備，令壽雪感到羞愧難當。魚泳見了壽雪的模樣，嘆了口氣後說道：

「……微臣也沒好到哪裡去。依照規定，冬官是不能見烏妃的。微臣受了陛下慫恿，竟然答應與娘娘見面。」

壽雪抬起了頭來，只見魚泳一臉苦澀地說道：

「其實微臣一直想要與娘娘見上一面。麗娘小姐託微臣關照娘娘，微臣很想親眼看看娘娘是個什麼樣的人。」

魚泳臉上的表情變得稍微和緩了些。

「娘娘不愧是受麗娘小姐拉拔長大的孩子，舉止與麗娘小姐頗為神似，帶著一股颯爽之美。剛剛您踏進門內時，微臣還以為是麗娘小姐死而復活了呢。」

壽雪眨了眨眼睛，凝視著魚泳說道：

「……麗娘曾言，若遇危急之時，可求助於汝。」

魚泳也默默凝視著壽雪。

「麗娘生前持有一香，名曰想夫香，麗娘甚愛惜，極少焚之。辭世當晚，麗娘所穿襦裙，正薰著此香。及死後，吾亦焚此香以弔之……此想夫香是汝贈與麗娘之物？」

魚泳臉上的表情沒有絲毫變化，默默聽完之後，才瞇起了雙眼，說道：

「麗娘小姐過世時，曾以幽鬼之姿來訪……當時微臣確實聞到了想夫香的氣味。光是知道她焚了此香，微臣已了無憾事。」

魚泳頓了一下，接著說道：

「那已經是許多年前的事情了。那時微臣剛進入冬官府擔任放下郎，拜託宦官幫微臣送了些想夫香給麗娘小姐。那時年輕衝動，才會做出這種逾越身分的行為……」

魚泳沉默了片刻，望向格板窗，眨了眨眼睛。蒼白的眉毛沐浴在陽光之中。

「麗娘小姐之於微臣，是主人家的千金，微臣這般低賤之人，怎能隨便送她東西？」

「然麗娘深愛惜之。」

魚泳伸手摀住了嘴。壽雪望向那隻手。骨節細瘦有如枯柴，上頭覆蓋著一層薄薄的皮膚，皮膚上清晰可見漣漪般的一條條皺紋。回想起來，當年麗娘的手也是這副模樣，雖然纖細且浮著青筋，但握住壽雪的手時卻是強而有力。

「……微臣感激涕零。」

接著魚泳談起了他與麗娘小時候坐在一起聽老師講課的往事。房間內充塞著耀眼的白光，壽雪端坐在椅子上，聽著麗娘小時候的趣聞。孩提時代的麗娘，是個言行舉止像個男孩子的頑皮丫頭。魚泳口中所描述的麗娘，是如此神采英拔而冰清玉潔。

過去的壽雪只知道年老之後的麗娘。此時聽聞麗娘年輕時的往事，感覺就像是在為麗娘重新雕塑形象。但那並不像是在聽一個陌生人的故事。麗娘還是麗娘。

「……年紀雖幼，已是麗娘其人。」

壽雪露出了微笑。魚泳瞇著眼睛，凝視著自窗外透入的光線。

「薛冬官、烏妃娘娘！」門外傳來放下郎的呼喚聲。

「何事？」魚泳問道。

「陛下駕到。」

「什麼……」

魚泳嘴裡咕噥道：「怎麼又是說來就來。」

「高峻常至此間？」壽雪問道。

「是啊，像這種寒酸之地，微臣也不明白他為何這麼愛來。」

「必是為汝而來。」

「咦？」

「彼欲得汝心，故時時來訪。」

魚泳露出相當複雜的表情，說道：

「呃……娘娘誤會了，陛下每次前來，問的都是您的事情。」

放下郎引著高峻走了進來。魚泳雖然跪下行禮，臉上卻流露出「今天又來幹什麼」的不耐煩表情。

「朕本來要回內廷，想到壽雪應該在這裡，便來看一看。」

高峻對魚泳的態度絲毫不以為意。不一會兒，放下郎送來了榻，高峻坐了下來。壽雪心想，高峻每次來訪，魚泳大概都是這副神情，只是高峻從來不放在心上。如果衛青在場，大概又會氣得橫眉豎眼吧。

「……待汝越是無禮，汝越愛親近？」壽雪問道。

「什麼意思？」

「吾實不知汝是好此道之人。」

「朕想來就來，想去就去。就跟朕前往夜明宮一樣，沒有什麼特別的理由。」

「夜明宮不必再來。汝豈無其他可去之處？」

高峻聽壽雪這麼說，驀然將頭轉向一邊，嘴裡咕噥道：「朕得想一想……」

那眼神中帶了一絲徬徨，宛如是個無家可歸的孩子。壽雪一見，不禁有些愕然，說道：

「……何不去花娘處？」

壽雪心想，眾妃嬪之中，最能夠讓高峻感到安心的人物，應該就是花娘了吧。

「花娘是……雲永德的孫女。」

高峻的表情依然像個迷途的羔羊。壽雪不禁感到納悶，不明白高峻為何這麼說。高峻忽然回過神來，轉頭看著壽雪說道：

「朕一時失語，忘了朕剛剛說的話吧。」

「……」

壽雪凝視著高峻，高峻卻將頭轉向了一旁。她心想，當皇帝恐怕也有當皇帝的難處，於是也不追問，起身說道：

「吾事已濟，當回宮去。」

「不再待一會兒？」

「今日話已足。吾今歸去，汝可與薛長談。」

高峻愣愣地看著壽雪，半晌後說道：「……謝謝。」

壽雪錯愕得身體微微一縮，問道：

「何故謝吾？」

「妳是個……心地仁慈之人。」

壽雪皺眉說道：

「休得胡言，吾歸矣。」

丟下這句話後，壽雪走向門口。正要拉開門扉，壽雪回頭朝魚泳問道：

「……吾尚可至此間聽汝說麗娘逸事？」

壽雪本來以為魚泳會面露難色，沒想到他拱手一揖，說道：

「烏妃娘娘想來，隨時歡迎。」

壽雪點點頭，走出了房間。等在房門外的人除了九九及溫螢之外，還多了一個衛青。

「回後宮。」

壽雪走了幾步，忽然轉頭看著衛青說道：

「衛青，那高峻……」

本來想要詢問高峻最近心中有何煩惱，但壽雪轉念一想，這不是自己應該關心的事情。

「……面帶倦容，或有微恙。」

說完這句話後，壽雪便轉身離開，只留下衛青錯愕地瞪大了眼睛。

「停轎。」

壽雪吩咐宦官放下轎子，走出轎外。這裡是連接外廷與後宮的鰭翁門。

下了轎子之後，壽雪並沒有走向夜明宮，而是朝著南方走去。

「敢問娘娘欲往何處？」溫螢問道。

「鵲巢宮池畔。」壽雪的腳下毫不停留。

溫螢默默跟在身後，九九趕緊自後頭跟上，問道：

「不回宮去？」

「嗯……」

壽雪隨口應了一聲，繼續快步疾行。自鰭翁門以南一帶種植了不少海棠，春天會開出顏色淡雅的垂首紅花，此時雖然放眼望去只有綠油油的嫩葉，卻也別有一番風情。如果仔細觀察，還可發現淡綠色的小小果實。壽雪踏著鵝卵石，自海棠之間穿過，走了一會兒，來到一條小河邊。河上架著一道丹漆橋，橋的前方開了不少紅色的仙翁花。穿過了橋，前方景色開始出現花蘇芳，便知道鵲巢宮已不遠了。

壽雪自宮後繞向池塘處。此時壽雪心中想要釐清的，是那天晚上令自己心生恐懼的那股氣息到底是什麼。那神祕的氣息來自何人？為何會令自己如此恐懼？心頭一股莫名的不安，帶來了極度的焦躁感。

池塘邊還是一樣荒蕪而死寂，這過度的死寂，令壽雪不禁皺起了眉頭。照理來說，這樣的環境裡應該會有微風拂過樹梢的枝葉摩擦聲、草下蟲獸的彈跳聲及爬行聲等等，但在這一帶竟然完全聽不見這些活物之聲，宛如所有的生命都已死絕了。

「……真是安靜。」連溫螢也察覺了不對勁。

「安靜有什麼不對嗎？」九九納悶地問道。壽雪左右張望了一陣，才終於吁了一口氣。

那天晚上的氣息，如今已完全感覺不到了。她心中有三分的失望，卻有七分的慶幸。由此可知那氣息帶給自己的恐懼有多麼巨大。

「此宮之妃一切安好？」

壽雪朝溫螢問道。

「這個嘛……聽說鵲妃最近身體不太好。」

「所患何疾？」

「宦官們也不清楚，只知道鵲妃有時臥病在床，有時又在殿舍內走動，但絕少離開殿舍。連大家也曾經來探望過好幾次。」

「探望……高峻確曾言及此事。」

有一次高峻拜訪夜明宮，卻說等等要去探望一名妃子，當時他指的應該就是鵲妃吧。

鵲妃的身體出了狀況，不知道與那氣息有無關聯？

壽雪凝神細看池中，當然看不到這個問題的答案。

「宵月！」

宮女的呼喚聲，讓宵月回過了頭來。

「鵲妃娘娘在找你呢！不是叫你好好待在鵲妃娘娘身邊嗎？怎麼跑到這裡來了？」

宮女朝著宵月責備道：「你這麼亂跑，害我們全部的人都在找你。」

「抱歉。」

那宮女聽到宵月致歉，雙頰微微一紅，將頭轉向一邊，說道：

「……算了，沒關係。總之你快回去吧。娘娘那脾氣，只有你才安撫得了。」

宮女粗魯地抓起宵月的袖子。宵月任憑宮女抓著，跟隨在宮女的身後。

「你不過是個雛兒，竟然能夠讓娘娘這麼器重，也算是天下奇聞了。唉，不過你有這樣的外貌，也怪不得娘娘這麼喜歡……」

宮女偷偷朝宵月瞥了一眼。只見那淡灰色的長袍之上，有著一張白皙俊俏的臉孔。一頭黑髮並沒有打髮髻，只在腦後紮了個馬尾，這是鵲妃特別允許的髮型。

「老夫倒也不是沒有門路。」

那天晚上，宵月告知封一行，自己想要前往京師，想要進後宮辦一件事情。封一行的臉上帶著三分狐疑，對著宵月說道：

「你或許並不清楚，想要進入京師，必須擁有一份名為『過所』的身分證明文件。而且一般人進不了後宮，除非是宦官……」

封一行說到這裡，忽然愣了一下，接著說道：

「以你的身體，或許要混入後宮並不難。老夫在宮城有熟識的官員，也許能夠幫你弄到一份『過所』，但不保證一定能成功。」

封一行雖然語帶保留，但最後宵月還是成功進入了京師，而且混入了後宮之中。

「說真的……」

那宮女將宵月從上到下打量了一眼，說道：

「我總覺得……你有點古怪。」

宮女說完了這幾句話，來到鵲妃的殿舍前，朝著宵月的背上一推，說道：「快去吧。」

宵月任憑身體被宮女推向前，抬頭仰望殿舍。

那凝睇的雙眸之中，不帶一絲一毫的感情。

高峻與壽雪在星烏廟相遇的兩、三天後，高峻來到了夜明宮內。

「朕想讓妳看一樣東西。」

高峻在說這句話的時候，臉上依然毫無表情。他朝背後的衛青使了個眼色，衛青遞上一只盒子。那是一只形狀扁平的小型白木盒。

高峻打開盒蓋，裡頭是一塊骯髒的布。壽雪一看，不禁皺起了眉頭。

「這是明允向朋友借來之物……妳還記得明允吧？你們曾經見過一面。」

「那年紀約莫四十，貌似腦中藏書萬卷之人？」壽雪問道。

「……對，就是他。妳這個形容頗為貼切。」

壽雪以眼神示意高峻繼續說明下去，高峻於是攤開了那塊布。布上畫著一張人臉，嘴邊有鬍鬚，應該是個男人，而在面罩的眼睛部位則挖了兩個洞。

「面罩？」

「這是樂人所使用的布面罩，妳曾見過嗎？」

「僅知有此物，未嘗得見。」

「這東西主要是用在各種慶典儀式及大型的宴會場合……眼睛處有兩個洞，如果從洞中看出去，會看見一個男人。」

「汝親眼所見？」

「沒錯，朕親眼確認過了。」

壽雪啞然無語，不知該說什麼才好。眼前這個男人到底是太勇敢，還是太粗線條？為什麼他拿到這樣的東西，卻一點也不感到害怕？壽雪拿起了那布面罩，將臉湊了過去，鼻中隨即聞到了一股舊布特有的黴臭味。如果是一般體格的成年男人來戴這面罩，下緣約在咽喉附近，但此時壽雪戴在臉上，下緣卻垂到了胸口。面罩的上方邊緣處有細繩，只要綁在後腦杓，就可以將面罩固定在臉上。

壽雪自布罩上眼睛部位的兩個洞望出去，原本應該可以看見高峻，此時卻只見到一個男人的模糊背影，有如被一團白色濃霧籠罩著。那男人身穿暗灰綠色長袍，垂著頭動也不動。黴臭味不斷刺激著鼻腔，讓壽雪忍不住打了一個噴嚏。壽雪摘下面罩，將繪了五官的面朝上，平放在小几上，一邊揉著鼻子，一邊說道：「似是朝中之人。」

壽雪會這麼說，是因為男人身上穿著暗灰綠色的長袍，一般庶民所能穿著的衣服顏色受到相當大的限制，基本上只能穿沒有染過的素色衣物。只有朝廷官吏之類擁有官品的人，才能穿著灰綠色之類經過染色的衣物，且顏色會因品階及官種的不同而有所差異，但細節壽雪並不清楚。

「那是鴇耳坊的服色。」高峻說道。

鴇耳坊是管理宮伎、宮廷樂人的部門。

「既是鴇耳坊服色，此人應是宮廷樂人。依常理度之，此面罩便是此人之物……」

壽雪呢喃到了一半，越想越是不對，瞟了高峻一眼，說道：

「汝以此物示吾，是何居心？」

「朕猜想妳應該會對這種東西有興趣。」

「此物豈為吾所好？何其愚也！」

「唔……女人的心思真難捉摸。」高峻的臉上閃過一抹困惑之色。但如果不仔細看，還看不出來。

而在皇帝背後衛青的眼神又流露出了殺意。壽雪早已習慣了衛青的眼神，此時也不甚在乎，但見高峻那一臉認真的模樣，卻讓壽雪心中萌生一股既像煩躁又像尷尬的心情。

「……天下幽鬼多如牛毛，後宮亦所在多有，吾實能避則避。懷抱恚念苦楚而怨死者，誰人願與之交？」

壽雪說了半晌，高峻只是點頭說著「原來如此」，臉上帶著似懂非懂的表情。

「總而言之，是朕不好……失禮了……」

高峻帶著一絲歉意想要收起那布面罩，壽雪忽然拉住了高峻的手腕。

「既已示吾，卻又收去，吾夜不能寐矣。」

高峻看看壽雪的臉，又看看壽雪的手，應了一句「這麼說也對」。高峻縮回了自己的手，壽雪也趕緊將手縮回。兩人手掌碰觸，也不是什麼大不了的事情，何況這已不是第一次，但壽雪不知為何一顆心還是噗通亂跳。

「汝可知此面罩來歷？其中人物是誰？」壽雪問道。

「朕也不知道他是誰，但朕聽說，明允那朋友曾經在宴會場合上戴起這面罩，結果裡頭的男人竟然轉過了頭來。」

「轉過頭來？」

「是啊。」

這又是怎麼回事？

壽雪陷入了沉思。高峻看著壽雪，說道：

「只要是與幽鬼有關的事，妳總是非常認真。」

壽雪仰望高峻，應道：「……吾無他事可做。」

雖然說得輕描淡寫，卻是肺腑之言。

「吾於此地能做之事，僅相助幽鬼而已。」

壽雪如此自嘲。「便是幽鬼之事，吾亦常力有未逮。」

到死之前，自己不知還有多少年，得在這夜明宮內度過。既然不能與活人往來，就只能與幽鬼往來了。不管再怎麼不願意，畢竟這是自己唯一能做的事。

「幽鬼者，身已死而魂欲生。世間往事情愫，皆成枷鎖，吾實憐之。」

拯救幽鬼的心情，就像是希望他們能夠代替自己獲得解放。

這樣的想法相當荒唐，壽雪心知肚明。

「妳……」

高峻頓了一下，凝視著壽雪的臉說道：

「跟初識時比起來，妳變得比較願意說出自己的心情了。」

壽雪一聽，不由得雙唇緊閉。

「拯救幽鬼，亦是拯救活人。朕相信除了幽鬼之外，還有許多人為妳所救，只是妳沒有察覺而已。」

高峻雖然說得語氣平淡，一字一句卻像一絲絲的細雪，在壽雪的胸中逐漸堆積。

壽雪沒有說話，避開了高峻的視線。就在這個瞬間，壽雪感覺高峻輕輕撼動了自己的內心世界。這是好事還是壞事，壽雪自己也說不上來。唯一可以肯定的一點，是自己的胸口此時萌生了一股熱烘烘的暖流。

「……此人回頭，是在宴席之上？」壽雪硬生生拉回了原本的話題。

「是啊。」高峻應道。

「既是宴席，應有樂人在場？」

「應該是吧。聽說明允那朋友是經營大店鋪的商人，平常應該包養了一些樂人。」

「面罩中那人既是樂人，或為樂聲所引？」

「樂聲嗎……」高峻將雙手交叉在胸前，沉吟了起來。

「樂器種類雖多，但用於宴席者……」

「琴、月琴、琵琶、箜篌、笛、簫、笙、竽……大概就這些吧。」

高峻扳著手指說道。有些樂器壽雪甚至連聽也沒聽過。

「於此面罩旁奏其樂，或能令其回頭。」

只要能夠讓面罩中的男人產生一些反應，或許就能從中看出一些端倪。

「既然是這樣，與其胡亂演奏樂器，不如問問那商人，當初的宴席上使用了哪些樂器。這件事，朕會叫明允去處理……就這麼辦吧。」

高峻說完之後，便站了起來。

「汝欲去矣？」壽雪問道。

「是啊。」

壽雪目不轉睛地凝視高峻。

「……如果妳還有事要談，朕可以再待一會兒。」高峻重新坐了下來。

壽雪皺眉說道：

「……無事。」

壽雪忽然感覺胸中竄起一股怒氣，忍不住說道：

「汝平日說來便來，從不問事之有無，如今何作此問？」

高峻一聽，不由得瞪大了眼睛。

「……呃，妳這麼說也對。」

片刻之後，高峻揚起了嘴角。

「既然如此，那我們就像朋友一樣，一起喝杯茶吧。」

高峻朝衛青瞥了一眼，後者會意，無聲無息地走向廚房。

雖然硬是把高峻留了下來，但壽雪並不認為這個男人會坦然說出心中的煩惱。壽雪心想，或許高峻並沒有察覺一件事。那就是他雖然喜歡鑽牛角尖地挖掘壽雪的內心世界，卻從來不曾主動說出自己的心事。

✿

數日之後，高峻帶來了答案。

「當天的宴會上，使用的樂器是橫笛與琵琶。不過演奏的樂人並非受那商人包養，而是只受雇一天的鴉幫。」

「鴉幫……」

「如此想來，令那男人回首的樂器聲，應該是琵琶的聲音。」

「何以知之？」壽雪問道。高峻再度打開盒子，取出了那布面罩，說道：

「演奏不同樂器的樂人，臉上戴的面罩形式也不相同。」

高峻攤開那塊布，指著眼睛的部位說道：「雖然眼睛的洞都相同……」

接著高峻將手指移向面罩的口部。

「但如果演奏的是橫笛，會在口唇處的側邊開一道小縫，將橫笛從該處伸入，抵在嘴下吹奏。而如果是豎笛，則是在口唇處開一道縱向的縫，將豎笛從該處伸入。若是其他不就口的樂器，則口部並不開洞。」

這張布面罩的口部並沒有洞。

「由此可知面罩主人所演奏的樂器，並非橫笛或豎笛。一般來說，樂人應該會對自己所演奏的樂器產生反應，對吧？」

既然不是橫笛，那應該就是琵琶了。

「朕依此推測，應該在這面罩的旁邊彈奏琵琶，但是……」

高峻停頓了一下，接著說道：

「其實朕在來此之前，已經測試過了。朕找來了鴇耳坊的琵琶樂人，在旁邊彈奏了琵琶，但是面罩裡的男人並沒有回頭。」

「既不回頭，面罩中之人應非琵琶樂人。」

「若非琵琶樂人，當初為何會回頭？難道他明明不是吹笛樂人，卻會被笛聲吸引？」

兩人一同陷入了沉思。

說到鴉幫，壽雪腦中第一個想到的是溫螢。

「……衛青！」

衛青聽到壽雪的呼喚，一臉狐疑地說道：「娘娘，有什麼吩咐？」

「溫螢應在殿外，能為吾喚之否？」

「叫溫螢做什麼？」提出疑問的人不是衛青，卻是高峻。

「吾有話相詢。彼曾在鵐幫，必熟知鵐幫之事。」

「真的嗎？」高峻轉頭望向衛青。衛青詫異地看著壽雪，說道：

「是真的……不過娘娘怎麼會知道這件事？」

「溫螢親口告吾。」

「這……不可能吧……？」

「此為不宣之祕？至今吾未曾對他人言及。」

「不……倒也不是什麼祕密……失禮了，小人只是有些驚訝。」

衛青說完便轉身走出門外，呼喚溫螢去了。

「宦官很少會主動說起自己的經歷，看來溫螢對妳相當信任。」

「信任與否，豈吾所能度之……」壽雪回想起了溫螢那血淚般的往事，不願再說下去。

至少溫螢在那個時候，確實對壽雪敞開了心房。

但是自己真的能夠回報他的信任嗎？

不一會兒，衛青帶著溫螢走了進來。壽雪將溫螢喚到身邊，說道：

「吾欲知鵶幫樂人所用樂器。」

「下官知無不答。」溫螢跪下說道。

「鵶幫所用樂器，有其特異之處，不同於鴇耳坊樂器？」

溫螢略一沉吟，說道：

「大致上是相同的。」

「『大致上』？」

「下官並非對所有的鵶幫瞭如指掌。每個地區的鵶幫，情況不盡相同。在下官所知的範圍之內，只有一人的樂器比較特別。」

「一人？」

「是的，那就是下官當年所待的鵶幫內的琵琶樂人。」

「琵琶……」

溫螢與壽雪四目相交。溫螢當年所待鵶幫內的琵琶樂人……壽雪沒有追問，溫螢輕輕點頭，說道：

「那樂人是個身材嬌小的少女，她所用的琵琶較一般的琵琶小一些，因此雖然那少女雙手纖細，也能輕易舉起及彈奏。那琵琶不僅小於一般的琵琶，且一般的琵琶是四弦，那琵琶卻是五弦。琴頭的形狀也不一樣，一般琵琶的琴頭微彎，那琵琶的琴頭卻是筆直。據說那琵琶是西方小島上的傳統樂器。所謂的西方小島，指的可能是洞州以西的鵖張島，也就是流放罪犯之島。據說這種特別的琵琶是由異國的流刑者所發明，但是否真是如此不得而知。這種琵琶在洞州一帶流傳甚廣，但在這京師附近卻是相當少見，除了那少女之外，下官從不曾見過其他樂人使用這樣的琵琶。」

「……高峻！」壽雪凝視著溫螢，說道：「那商人之宴上所用琵琶有何特徵？」

「這個朕也不清楚，但聽說彈琵琶的是個女性樂人。」

「咦……？」壽雪轉頭望向高峻。

「那鵶幫的團名叫『赤雀』，團長是沙氏。朕確認過『過所』，應該不會有錯。」

壽雪轉頭望向溫螢，只見他正露出一臉愕然神情。

「那正是下官當年所待的鵶幫。」

「既是如此……」

那彈琵琶的女樂人便是當年……

「那宴會上所彈的琵琶，便是那形狀特殊的琵琶？」

高峻將雙手交叉在胸口，嘴裡呢喃著「鴟張島的琵琶」，半晌後說道：

「若能找來那鵶幫的琵琶樂人，當然最好不過，但聽說那鵶幫如今已離開京師了。」

壽雪一聽，不禁大感沮喪。

「不過……類似那樣的異國琵琶，朕還知道另一個地方有。能不能吸引那面罩中的男人，朕就沒有把握了。」

「鴇耳坊？」壽雪問道。

「不，凝光殿寶物庫。」高峻說道。

而後高峻問壽雪要不要親自到寶物庫看一看，壽雪拒絕了。寶物庫的那名羽衣，對壽雪來說是個棘手人物。與那羽衣說話，會讓壽雪有種莫名的不安感，就好像是站在一道絕對不能開啟的門扉之前。

為了確認寶物庫內的琵琶是否就是鴟張島的琵琶，高峻帶著衛青先行離開了。壽雪仰頭望向站在旁邊的溫螢，說道：

「汝若欲知『赤雀』舊友近況，吾可代汝詢問。」

「不勞娘娘費心。」溫螢輕輕搖頭。「只要知道他們平安無事，那就夠了。」

溫螢輕輕笑了起來，接著說道：

「下官剛進入後宮時，很擔心他們會不會被取消『過所』資格，沒辦法再表演，後來衛內常侍幫下官查過了，他們一切平安。當時衛內常侍告訴下官，他們已經離開京師，看來前陣子他們又回來了。總而言之，下官得知喜兒平安無事，還在繼續表演，也為她高興。」

「喜兒？」

「就是那彈琵琶的女樂人。聽說她現在可是相當有名的琵琶高手。」

「……原來如此。」

壽雪心想，或許溫螢這輩子並不打算再與她見面。

「娘娘。」九九從通往廚房的門走了進來，問道：「陛下所賜的早生李，是否需現在便端出來？」

「好……」壽雪正說到一半，忽見衣斯哈從九九的背後探出了頭來，懷裡還抱著星星。如今照顧星星成了衣斯哈的主要工作。原本星星是隻脾氣暴躁的怪鳥，不喜與人親近，但不知道為何，在衣斯哈的面前特別溫馴。衣斯哈似乎帶了星星出去玩耍，直到現在才回來。

「衣斯哈，星星可曾逞凶鬥狠，對汝撲擊啄刺？」

「娘娘，完全沒有，牠是個乖孩子。」

乖孩子……？壽雪的心中打了個大大的問號。但衣斯哈似乎真的這麼認為。

衣斯哈將星星放在地板上，卻沒有退下，只是偷眼看著壽雪，一副鬼鬼祟祟的模樣。壽雪猜他是想要吃李子，於是招了招手，說道：「汝亦來此同吃。」

「咦？啊，我不是那個意思……呃，謝謝。」衣斯哈慌忙解釋，最後還是走了過來。

「……下官先告退了。」溫螢起身正要離去。

「汝亦吃了再走。」壽雪說道。

「不，下官……」溫螢本想要婉拒，但或許是認為這也是命令，因此也不再推辭。

「那個……」衣斯哈畏畏縮縮地對溫螢說道：「我聽說是溫螢大哥求情，讓我在烏妃娘娘身邊工作？我一直想向溫螢大哥道謝，但總是錯過……溫螢大哥，真的很謝謝你。」

衣斯哈雖然說話有些結巴，但一字一句清清楚楚地說了出來。原來他剛剛那鬼鬼祟祟的神態，是想要找機會向溫螢道謝。

「……我說那些話不是為了你，是為了娘娘。」

溫螢有些不知所措地說道。

「不管怎麼說，總是幫助了我，所以我想向溫螢大哥道謝。」

衣斯哈有著耿直率真的個性，溫螢一時不知如何回應，只淡淡說了一句「好」。

九九端進來一個盤子，盤裡放滿了早生李。那李子雖然不大，但紫紅色的外皮看起來鮮嫩多汁，一端進房便芳香四溢。壽雪將李子分給了溫螢等人，自己也拿了一顆，坐在槅扇窗邊。一口咬下，牙齒登時感覺到了果肉的彈力。每年到了夏季時分，世間萬物必定生意盎然，呈現茂盛茁壯之態，彷彿可以感受到那血脈賁張的能量。就連夜晚，也有著震耳欲聾的蟲鳴聲，掩蓋了黑暗的寂寥，而隨著太陽的鋒芒漸增，圍繞著烏漣娘娘的陰影也漸漸消退。

夏天是夏王的季節。

壽雪凝視著窗外一會兒，轉頭問衣斯哈：

「……吾聞汝昔日師父罹病，汝可知之？」

衣斯哈正咬著李子，伸手抹了抹黏膩的嘴角，說道：

「我知道……但我猜他不是生病。」

「此話何解？」

「我師父他……啊，他已經不是我的師父了。那個人一直很害怕，而且越來越嚴重，就連風聲、腳步聲及影子，也會讓他嚇得直打哆嗦。」

「彼所懼何事？」

「就是您呀，娘娘。」

壽雪一聽，錯愕地瞪大了眼睛。「……彼何故懼吾？」

「娘娘，您當初見我挨打，不是警告他不准再打我，否則必定會災厄臨頭？最後娘娘還說了一句『吾已知汝姓名』。」

「唔……」壽雪此刻回想，當時自己確實曾威脅過，要以對方的姓名下詛咒。

「……吾之一言，令彼如此驚恐？」

「我猜應該是這樣。自那天後，他就一直很害怕，還說過娘娘的眼睛裡有妖魔。」

壽雪霎時啞口無言。自己的眼睛裡有妖魔？這又是怎麼回事？

「……衣斯哈。」

溫螢喊了一聲，語氣中帶了三分責備之意。衣斯哈一驚，趕緊說道：

「娘娘，對不起！我猜他一定是太害怕，才會看走眼，娘娘的眼睛裡沒有妖魔。」

壽雪不禁緊抓住自己的手腕。那宦官到底在自己的眼中看見了什麼？妖魔是什麼意思？

「……」

壽雪回想起了不久前自己失去理智時的狀況。冰月抓了九九當作人質，企圖傷害她，當時壽雪感覺到一股連自己也無法壓抑的怒火與強大力量，在自己的體內衝擊激盪，那感覺就像是自己的身體不再屬於自己。

那個時候，到底是什麼東西控制住了自己的身體？

驀然間，壽雪感覺到一股陰寒之氣凝聚在胸口的深處，一滴冷汗自背上緩緩流下。

隔天傍晚，高峻派了衛青前來傳話。

「請娘娘移駕鰲枝殿。」

鰲枝殿是皇帝所居住的內廷殿舍之一。壽雪帶了溫螢一同前往，卻把九九留在夜明宮。九九又鬧起了脾氣，衣斯哈在一旁溫言安撫。

「庫中有琵琶否？」壽雪問道。

「這件事，請娘娘直接問大家吧。」衛青冷冷地說道。

衛青看起來似乎不太開心，但壽雪心想，反正他在自己的面前不曾開心過，因此也不放在心上。

三人通過連接後宮與內廷的鱗蓋門，守門的衛士目瞪口呆地看著壽雪。此時壽雪身穿黑色襦裙，髮髻上插著牡丹花，一身烏妃的典型裝扮。

鰲枝殿比凝光殿更接近後宮，是一座規模較小的殿舍。琉璃屋瓦反射著夕陽餘暉，丹漆紅柱落在陰影之中，顯得異常漆黑。面對外廊的門扉此刻全都敞開了，裡頭不斷傳出音樂聲。那以手指撥動琴弦的樂器聲，聽起來應該是琵琶，聲音高亢而清脆內斂，並帶有柔和的餘韻，有如水滴落在水面上，激起了若有似無的漣漪。周邊一帶瀰漫著清淡雅致的香氣，那是黃熟香，正是壽雪平日喜歡在房間裡點的香木之一。

三人走過鋪著鵝卵石的地面，登上了臺階，一進殿內，只見高峻正坐在榻上，聽著樂人演奏琵琶。門邊站了一排隨侍在皇帝身邊的宦官，個個都像石像一般端立不動。高峻一看見壽雪，旋即舉手制止樂人繼續演奏。樂人坐在高峻的斜前方，身穿灰綠色長袍，手中捧著一張造型奇特且裝飾華麗的琵琶，上頭以玳瑁及螺鈿鑲嵌著各種圖紋。

「這張正是收藏在寶物庫內的異國琵琶。」

高峻示意壽雪在旁邊的椅子上坐下，接著說道：「材質是紫檀，上頭嵌著玳瑁及夜光貝的螺鈿，確實比一般的琵琶小了一點，琴頭筆直，有五弦。」

這張琵琶與溫螢所描述的特徵如出一轍。溫螢一看，轉頭對著壽雪點頭說道：「喜兒的琵琶與這張在外型上完全相同，只是材質與裝飾沒有這麼華貴。」

裝著面罩的盒子就放在高峻的手邊。高峻打開盒蓋，取出面罩。

「妳戴上看看吧。」

壽雪接過面罩攤開，將眼睛湊向上頭的兩個洞。高峻吩咐樂人繼續彈那琵琶，清亮柔和的聲音再度瀰漫於殿舍內。

壽雪心中微微一驚。透過面罩上孔洞所看見的男人，果然轉過了頭來。雙頰削瘦，眼眶凹陷，眼皮流露出灰暗的陰鬱感，一對眼珠卻是炯炯有神。此外他臉色慘白，雙唇微張，嘴唇乾裂而毫無血色。

壽雪將面罩移開，轉頭望向那琵琶。果然面罩內的男人是被琵琶聲吸引了。到底是什麼原因？壽雪一邊思索，一邊將臉重新貼在面罩上，不由得又是一驚。男人的臉就在自己的眼前，一對眼珠正盯著自己看。那眼珠布滿了血絲，綻放著異樣的神采。

壽雪趕緊將面罩拿開。

「那男人正往這邊看過來，對吧？」高峻泰然自若地問道。壽雪點了點頭。

「此人……何以對琵琶之音如此執著？」

「這一點……」

高峻伸手制止樂人演奏，接著說道：

「或許妳可以聽聽他的說法。」

高峻以目光示意那樂人。那身穿灰綠長袍的樂人是個白髮蒼蒼的老人，打了髮髻的頭髮幾乎全白，細長的臉孔及手掌看起來都乾癟削瘦，有著極深的皺紋。但或許是平日經常彈奏琵琶的關係，雙手手指修長且形狀優美。

樂人自稱名叫左丘曜，自十八歲便進入鴇耳坊，如今因為年紀太大，主要的工作是訓練年輕樂人，不再於宴會或慶典儀式上登場表演。相較於那柔順翻舞的琵琶音色，左丘曜說起話來卻是低沉且結結巴巴。

「……前些日子蒙陛下召喚，鴇耳坊的年輕樂人為陛下彈奏了琵琶，事後小人聽那同儕提起幽鬼依附於布面罩上之事，小人心中便猜想，那幽鬼或許是小人所認識之人。今日陛下又派遣使者至鴇耳坊，詢問是否有人能彈奏此琵琶，小人於是便自告奮勇，隨著使者前來晉見陛下。」

「汝知此幽鬼身分？」

「這個男人跟小人一樣，是鴇耳坊的樂人。小人跟他年紀相近，進入鴇耳坊的時期也大致相同。我們兩人演奏的樂器都是琵琶，但當時小人還沒沒無聞，他卻已經是相當著名的琵琶高手了。他所愛用的琵琶，正是這種比較少見的五弦琵琶。他的姓名是乞伏士畢，聽說是西方的鴟張島出身，這種五弦琵琶正是那島上的傳統樂器。」

左丘曜停頓了一下，接著說道：

「士畢是個沉默寡言的男人，他絕少與人往來，一整天都在彈著琵琶。五弦琵琶與四弦琵琶相比，調弦困難得多，四弦琵琶由於琴頭彎曲，即使在演奏中途，也可以輕易調弦。另外，五弦琵琶是用手指彈奏，四弦琵琶卻使用撥片，因此不僅兩者音質完全不同，而且五弦琵琶的彈奏技巧困難得多。除了士畢之外，小人這一生之中，從來沒見過有人能夠把五弦琵琶彈得那麼完美。他能夠彈奏出別人絕對彈不出來的音色，有如綿綿細雨，一點一滴地滲入聽者的五臟六腑……」

左丘曜的眼光一直停留在手中的琵琶上。彷彿他的傾訴對象並非壽雪，而是那張琵琶。

「士畢雖然能彈奏出天籟美音，卻是個陰沉且不苟言笑的男人。他每天滿腦子只想著如何讓自己彈奏琵琶的技術更上一層樓，對其他的事情漠不關心。或許正是因為如此，他的技術才能達到如此出神入化的境界。小人心裡對他有著三分的羨慕，卻也有著三分的恐懼。每當他開始彈奏琵琶，那神情總是令人不寒而慄，有如遭惡鬼附身一般。彷彿他活在世上的唯一目的，就是彈奏琵琶。小人心裡常為他擔心，倘若有一天沒有辦法再彈奏琵琶，他該如何是好？後來……小人這個擔憂果然成真了。」

左丘曜似乎說得累了，停頓了片刻。

「發生何事？」壽雪忍不住催促道。此時壽雪察覺了一件事，那就是左丘曜的視線從來不曾移向那布面罩。

「總而言之，他是個從來不與他人往來的男人，鴇耳坊中對他抱持反感的人不在少數。當然有些人是嫉妒他的才華。不過因為他的性情使然，每次他在宴會上演奏，總是無法讓賓客感到開心。雖然弦音優美，卻使人如坐針氈，缺少了宴會該有的悠閒氛圍。因為這個緣故，雖然他從來沒犯什麼錯，但受召登場演奏的機會越來越少。偶爾登場彈奏琵琶，那完美無瑕的音色總是會將其他的音樂聲壓了下去。這麼一來，大家更是對他敬而遠之。就算音色再怎麼完美，如果與其他的音樂聲格格不入，還是會打亂全體的協調感。雖然士畢登場表演的機會少得可憐，他還是每天在鴇耳坊內勤練技藝。那些年鴇耳坊內每天都能聽見士畢的琵琶聲，沒有片刻止歇……」

左丘曜或許是回想起當年的景象，不禁打了個寒顫。壽雪也不打斷他的話，任由他繼續講下去。

「有時我們不禁會擔心他有沒有好好吃飯、好好睡覺，但是更大的問題，在於我們實在無法忍受每天聽著他的琵琶聲過日子。一天到晚聽著那遠比我們的音樂更加完美得多的弦音，簡直是一種折磨，有不少同儕向他抱怨此事，但他總是充耳不聞。有一天，我再也按捺不住，決定到他的房間裡瞧一瞧。他每天幾乎足不出戶，只是待在房間彈著琵琶，因此我很少有機會見到他。那一天，我見到許久未見的他，我幾乎嚇傻了。他變得雙頰凹陷、臉色蒼白，身體瘦得像皮包骨，眼窩嚴重陷落，一對眼珠卻閃爍著詭異的神采，兩隻手不停彈著琵琶弦。我一看那琵琶，上頭的弦跟腹板都被士畢的血染成了黑色。他每天不停地彈奏，幾乎不曾歇息，手指當然會受傷。但就算手指嚴重破皮，鮮血流得滿手都是，他也毫不在意地繼續彈奏。我喊了一聲『士畢』，但他對我連瞧也沒瞧一眼，彷彿他的靈魂已經遠渡重洋，前往了極樂淨土。我一咬牙，將琵琶從他的懷裡搶了過來。他立刻尖聲大叫，朝著我撲了過來，對著我拳打腳踢。我雖然被打得全身是傷，但我抱定了主意，絕對不能把琵琶還給他。要是讓他繼續彈奏下去，他遲早會沒命。因此不管身上再怎麼痛，我還是死命地抱著那張琵琶。事後想想，我自己也不明白，為什麼自己會拚了性命做這種事，畢竟我跟他沒什麼交情，稱不上是朋友……過了一會兒，同儕們聽到喧鬧聲，全都衝進了房裡，好幾個人合力將士畢壓制住。我們決定取走他的琵琶，把他關在房間裡，讓他冷靜一下。士畢在房裡喊著『還我琵琶』，不停敲打門板，我們都沒有理會。到了半夜，他突然不再發出任何聲音，我們都以為他終於放棄了……直到隔天早上，我們才發現他在房間裡上吊自殺了。」

左丘曜說到這裡，忽然抬起了頭，凝視著半空中，吁了一口長氣，接著說道：

「士畢那張沾了血的琵琶，一直留在我的房間裡。當初在埋葬士畢的時候，我實在應該把琵琶放進他的棺材裡，但我那天實在太過失魂落魄，直到為士畢辦完了喪事，回到房間之後，我才看到那張琵琶……沒想到就在那天夜裡，我們又聽見了琵琶的弦音。我可以肯定那絕對是士畢的琵琶聲，因為那宛如雨水般滲入胸口的弦音，別人是彈不出來的。那聲音並非來自琵琶，明明非常輕柔，但不管待在鴞耳坊的任何角落，都可以聽得一清二楚。我跟同儕們都嚇得直打哆嗦，心裡猜想一定是士畢不甘心渡海前往極樂淨土，化成了幽鬼，在鴞耳坊裡徘徊著。我們沒等到早上，就拿出士畢的琵琶，在庭院裡燒掉。燒完了琵琶，那弦音也停了，其他人都鬆了一口氣，但我心裡還是很不安，因為我認為士畢最恨的人是我。畢竟當初正是我從他的手中奪走了琵琶。所以我走進他的房間，取走了他的所有遺物。我擔心如果鴞耳坊裡還留著他的遺物，他的幽鬼可能又會回來。他的遺物並不多，只有筆、硯、墨、幾件老舊磨損的衣物，以及……那塊布面罩。」

左丘曜說到這裡，才終於轉頭望向布面罩，但他立刻又移開了視線。

「我心想丟掉比燒掉省事得多，何況像硯臺這種東西是燒不掉的，因此我找來一個打雜的小弟，要他把士畢的遺物拿到遠方丟棄。鴞耳坊裡沒有了那些士畢的遺物，我才終於鬆了口氣，但我萬萬沒有料到，這布面罩如今又出現在這裡。」

或許是那打雜小弟把遺物拿去轉賣了，也或許是丟棄之後被人撿走，拿去賣了錢。總而言之，布面罩經過各種因緣巧合，又回到了這裡。

「鴇耳坊從那天之後，再也不曾出現琵琶的聲音，或是士畢的幽鬼。我一直以為他的靈魂一定是渡海前往極樂淨土了，但如今我才知道，並不是這麼回事。」

左丘曜神色僵硬，顯得相當恐懼。

「士畢一定很希望拿回他的琵琶吧。他一定很想念那張被奪走的琵琶。其實……當初我從他手中搶走琵琶，並不是因為關心他。我只是以這個理由為藉口，想要奪走他的音樂才華。我一想到能夠讓他沒辦法再彈琵琶，心裡就高興得不得了。其實我是基於這個念頭，才死命抱著那張琵琶不放。鴇耳坊的所有人之中，最嫉妒士畢的人，其實是我自己。他的魂魄直到現在還沒辦法渡海，全都是我的錯。」

左丘曜鐵青著臉，終於吐露了真心話。他的聲音中充滿了痛苦，彷彿想要吐出鯁在喉嚨中的硬塊。

壽雪低頭望向那布面罩。即便不戴在臉上，心裡也能想像出士畢那炯炯有神的雙眸。

「……沉迷樂道至斯，可謂樂鬼矣。此人雖死不悟，汝當年若不奪其琵琶，彼早晚必化為生鬼。汝奪其琵琶，彼方得以活人之姿而死。」

左丘曜垂首搖頭說道：「我奪走他的琵琶，並不是基於那樣的好心。」

「汝便無此意，然彼未成生鬼，汝之功也。」壽雪淡淡地說道。

左丘曜抬頭凝視壽雪，半晌後點頭說道：「謝謝娘娘金口。」

壽雪攤開布面罩，舉到眼前說道：

「如今便與其琵琶，亦難消其執念，恐適得其反，使其化為惡鬼。」

到底該怎麼做才好呢？壽雪沉吟了好一會兒，抬頭望見左丘曜手中的琵琶，說道：

「高峻，此琵琶可焚之乎？」

「焚……」高峻一時僵住了，但表情沒有絲毫變化。或許是因為嚇了一跳，沒有時間做出表情也不一定。「……那可不行。」

「唔……」

「寶物庫的東西不歸朕所有，朕不能擅自毀掉。」

「既是如此……鴞耳坊可有五弦琵琶？」

壽雪轉頭詢問左丘曜，左丘曜回答：

「現在鴞耳坊並沒有彈五弦琵琶的樂人……但仔細找找，或許能找到從前的樂人沒有丟棄的舊琵琶。」

「無人使用最佳，煩勞汝一尋。」

高峻於是喚來衛青，讓他跟著左丘曜回鴞耳坊尋找五弦琵琶。鴞耳坊在宮城之外，光是來回一趟便需不少時間，高峻於是命人煮了茶，送上白蜜糕，自己倚在憑几上，看著壽雪張口大嚼。

「高峻。」

「什麼事？」

「但有求於吾，吾必索其償，汝應知之？」

「……當初妳幫助衣斯哈，怎麼沒有索求報償？」

壽雪放下白蜜糕，兩眼一翻，說道：

「吾豈索償於一孺子？」

「這不是很不公平嗎？」

「此事但憑吾一意而決，無關公平。」

高峻忍不住笑了出來。

「原來如此……朕可真是羨慕妳，如果朕處理國政也能這麼自由就好了。」

打從壽雪認識高峻以來，這是第一次看見高峻笑得肩膀上下起伏，就連站在門邊的宦官們，也紛紛露出了驚訝的表情。

但高峻馬上斂起了笑容，說道：

「……抱歉，是朕說錯話了。朕不該胡言亂語，說什麼『真是羨慕妳』。」

壽雪凝視著高峻，心裡想著這男人未免太小題大作了。

「汝勿多心，吾若不悅，自當告汝。」

「朕不希望惹妳不開心。」

「……」壽雪用力皺起了眉頭。這個男人可真是有夠麻煩。

「妳現在是不是不開心了？」

「非也，僅是心煩。」

「心煩總比不開心好一點。」

哪裡好了？壽雪很想這麼質問，但最後選擇保持沉默，免得讓自己更加心煩。壽雪把白蜜糕塞進嘴裡，堵住了自己的口。

「這次的事，妳想要什麼報償？糕點？還是水果？」

「吾豈只望食物？」

「有什麼其他想要的東西，朕也可以準備。」

「……別無所求。」壽雪臭著臉回答。高峻又是輕輕一笑。

兩人正談著，左丘曜與衛青走了進來，左丘曜的手上捧著一張嬌小的琵琶。仔細一看，確實是一張老舊的五弦琵琶。

「這張可以嗎？」

「嗯……汝試彈之。」

左丘曜於是將琵琶放在膝上，在每根弦上輕彈，從琴頭處調整弦音，接著彈了簡短的旋律確認音色。等到調音結束後，他重新抱起琵琶，彈出了柔和的旋律。

琵琶的音色極美，清脆而高亢的弦音有如拂過玉石之上的涼風，輕盈卻餘韻不絕，令人心曠神怡。

壽雪拔起插在髮髻上的牡丹花，朝著花瓣輕吹一口氣。那牡丹花化作了一縷銀沙，灑落在布面罩之上。閃爍的沙粒一碰觸到布面，便消失於無形。

「乞伏士畢。」

壽雪對著布面罩呼喚了男人的姓名。剛開始毫無反應，但須臾之後，琵琶的弦音之間開始夾雜了一些宛如嘆息的細碎聲響。一根蒼白的手指，從面罩上的眼部孔洞中伸了出來。左丘曜嚇得全身往後縮，壽雪以眼神示意勿停止彈奏，左丘曜只能硬著頭皮繼續彈下去。

蒼白的手指一邊扭動一邊伸長，出現了一隻形狀詭異的手掌，那手掌骨瘦如柴，有如老人之手，接著手掌底下伸出了宛如枯木般的手腕，再來是磨損嚴重的袍袖。那條手臂朝著半空中緩緩扭動，彷彿在摸索著什麼，接著手臂的下方又鑽出了男人的肩膀。明明只是面罩上的小小孔洞，一具龐大的男人軀體卻從中慢慢滑出，男人以手撐著矮几，爬將出面罩外。只見男人臉色白皙、面容削瘦、嘴唇乾裂，沉入眼窩之中的一對眼珠卻不斷左右轉動，投射出詭異的精光。

男人緩緩抬起了視線。左丘曜的肩膀不住顫抖，他緊咬著嘴唇，才沒有發出慘叫。男人凝視著琵琶，慢慢朝著琵琶的方向爬了過去。左丘曜似乎想要逃走，但或許是身為樂人的矜持，讓他雖然全身劇震，雙手卻依然彈著琵琶。男人彷彿受到那音色的引誘，緩緩伸出手掌，就在男人的手指碰觸到琴弦的瞬間，那手指驟然化為細沙，就這麼消失無蹤了。不，那並非消失，而是被吸入了琵琶的音色之中。

男人的身體逐漸朝著琵琶靠近，每一個部位、每一寸皮膚都宛如化成了流沙，被吸了進去。先是手臂化成了沙，接著肩膀、頭部也消失了，全都化成閃爍著銀色光輝的細沙，最後是雙腿，一直到鞋子的鞋尖，都消失得無影無蹤，只剩下若有似無的光芒，而壽雪還是持續讓左丘曜彈奏。

「……行了。」

壽雪伸出手，從左丘曜手中接過琵琶，同時拿起那塊布面罩，起身來到外廊，走下臺階。此時太陽已西墜，四下一片昏暗，殿舍旁幾叢槐花的花苞沒入夜色中，變成了靛黑色。壽雪將琵琶與面罩放在一棵樹下，往後退了數步，不一會兒，琵琶冒出了淡紅色的火焰，那火焰並無熱度，只是靜靜燃燒著。在深藍色的暗夜裡，泛著微弱的光芒。火舌逐漸蔓延至整張琵琶及那面罩，沒有發出半點聲響，也沒有任何焦臭味，反而飄散出一股花朵的清香。那淡紅色的火焰不時閃出白光，將琵琶及面罩完全包覆其中，在完全燃燒殆盡之前，琴弦持續發出叮噹聲響，直到火焰消失了，那餘音彷彿依然在空氣中繚繞著。

四下歸於一片黑暗。

壽雪返回殿舍，左丘曜正一臉茫然地站在門口處。

「士畢已渡海矣。」

壽雪如此說道，左丘曜跪了下來，朝著壽雪拜倒。

「天黑了，讓衛青送妳回去吧。」

高峻打發了左丘曜回鴞耳坊，來到殿舍外，仰望著夜空說道。

「吾有溫螢足矣。」

「兩個人護衛，比一個人牢靠些。」

「……吾乃烏妃，何懼黑夜？」

壽雪嘆了口氣。烏妃正如同黑夜的統治者。

「不能太過相信自己的力量，就算妳是烏妃，也不過是個十六歲的女孩。」

壽雪皺眉抗議，高峻還是堅持要衛青護送，自己帶著一大群宦官離開了。

衛青點起了燭臺，率先邁步而行。他雖然完全服從高峻的命令，但在壽雪面前從不掩飾心中的不滿，如今他同樣是臭著一張臉。

「高峻如何面有倦容？」

穿過鱗蓋門的時候，壽雪朝著走在前方的衛青問道。

衛青朝壽雪一瞥，答道：

「大家為了國務勞心勞力，哪能有一天不累？」

「既是冗忙之身，如何尚有閒情託吾此事？」

衛青瞪了壽雪一眼。整個後宮裡，敢瞪烏妃的人大概只有他而已。

「我才想問這個問題。」

「汝何不止之？」

「我怎麼能做那種大不敬的事情？」

「汝無力制止，卻來遷怒於吾，豈不怪哉？」

衛青豎起雙眉，說道：「我可不敢遷怒娘娘。」

如果沒有遷怒，你那表情是怎麼回事？壽雪心裡如此想著，但沒有說出口。

「汝可去矣，吾有溫螢護送。」

「不行，我不能違背大家的命令。」

壽雪感覺兩人話不投機，也不再開口。

「……過去我們一直有著皇太后這個敵人。」

走了一會兒，衛青卻反而主動搭起了話。

「如今沒有了皇太后，自家的陣營裡反而開始出現一些絆腳石。」

壽雪凝視著衛青的背影。雖然衛青沒有明言，但壽雪已聽出了端倪。

「帝所憂心者，古今皆同。」

說穿了，就是逐漸壯大的外戚❻勢力。

「如今後宮妃嬪之首，乃是花娘。據聞其祖父為當今宰相？」

「打從大家還是皇太子的時候，雲宰相就是大家的支持者。」

「原來如此，如今雲家一族權貴……高峻迎花娘入宮，實乃避外戚之禍？」

「……小人不懂娘娘的意思。」

「好令花娘無子。」

衛青雖然沒有肯定，但也沒有否認。

花娘如今依然無法走出與心上人生離死別的傷痛。她雖然進入後宮成為妃嬪，但實際上與高峻並無夫妻之實，當然也不可能懷孕生子，換句話說，雲家不可能生出皇太子。對外戚來說，只要有了皇太子，皇帝就顯得不那麼重要，如果皇帝礙手礙腳，甚至可以設法加以剔除。當然雲家不見得會做得這麼絕，但「不生孩子」確實是避免外戚擅權的有效招數。不過話說回來，削弱外戚勢力如果做得太徹底，也不是一件好事，因為外戚與皇帝有著緊密的親緣關係，在必要的時候，可以成為皇帝的強力後盾。

高峻為了處理外戚的問題，必定每天都活在壓力之中吧。

「……如今豈是與吾廝混之時。」壽雪咕噥道。

「娘娘說得沒錯。」衛青冷冷地說道。

「大家是位想法保守且重感情之人，所以無法棄娘娘於不顧。」

壽雪彷彿可以聽見衛青心裡在抱怨著「大家根本不該與妳糾纏不清」。衛青停下腳步，轉頭望向壽雪，手中的燭臺映照出了其之美貌。

「終有一天，妳將會為大家帶來災厄。」

衛青那一對美麗的雙眸此時不僅流露出憂鬱與煩躁，而且還帶著三分難以壓抑的恐懼。壽雪凝視著衛青的雙眸，忍不住說道：

「……高峻何幸，有汝隨侍在側。」

衛青聽到這句話，只是雙唇緊閉，轉身默默邁步而行，彷彿兩人從來沒有說過話。燭臺的亮光在衛青的前方搖曳，照出了他的輪廓。

來到夜明宮外，衛青在臺階下停步，以眼神催促壽雪入內。壽雪登上臺階，在門前朝衛青及溫螢說道：「有勞汝二人。」溫螢一路上緊跟在後，只是藏於暗處，並沒有說一句話。兩人揖拜行禮，直到壽雪進入門內，才抬起頭來。

6 指后妃娘家的親人。

✿

「……溫螢，你隨我來，我有話說。」

衛青見壽雪進了殿舍，轉身對溫螢說道。

溫螢動也不動，以狐疑的口吻問道：

「要回內廷嗎？但我身負護衛夜明宮之責……」

衛青不耐煩地說道：

「你別搞錯了，你是大家的宦官，並非夜明宮的宦官。」

「當然。」

衛青見溫螢說得輕描淡寫，不禁皺起了眉頭。溫螢似乎沒有自覺，自己幾乎已經成了壽雪的親信宦官。

這也是近來讓衛青心情煩躁的原因之一。壽雪的身邊，不知不覺竟多了這麼多人，連自己打從雛兒時期就細心培育的心腹部下溫螢，如今竟也跟隨在壽雪的身邊。衛青心中的不安，就好像點入水中的一滴墨，在胸口不斷擴散。

「……既然你不能擅離崗位，我們一邊夜巡一邊談吧。」

衛青本來要回內廷，此時轉了方向，走向了圍繞著夜明宮的杜鵑花與桁木樹林。溫螢自後頭跟了上來。

「你應該很清楚，我送你進夜明宮，可不是要你對烏妃唯命是從。」

「我明白。」

衛青讓溫螢待在烏妃的身邊，是為了隨時掌握夜明宮的狀況。換句話說，溫螢的最主要工作不是擔任護衛，而是擔任間諜。

溫螢的回答沒有絲毫迷惘，但他接著說道：

「不過下官認為大人不必過於擔憂。壽雪娘娘非但不會與大家為敵，必要的時候還會挺身相助。」

「……這正是我最擔心的事。」

衛青嘴裡如此咕噥，但溫螢似乎沒有聽見。溫螢露出了納悶的眼神，衛青雙唇緊閉，不再說話。

壽雪確實曾經破除皇太后的詛咒，幫助了高峻。壽雪雖然口氣高傲，卻是個心地善良、重情重義的少女，這點衛青相當清楚。高峻只有在壽雪的身邊，才能得到片刻的安息，這點衛青也是心知肚明。但正因為如此，更讓衛青心中有一股難以言喻的恐懼。衛青擔心這或許是個溫柔陷阱，未來將成為危害高峻的最大災厄。衛青為此感到恐懼不已。

「大人……」

衛青聽溫螢的口氣中帶了三分緊張，不禁停下了腳步。才正要開口詢問，衛青自己也察覺了不對勁。此時兩人正在樹林之中，明月照亮了樹梢，雖然並非伸手不見五指，但陰暗處卻是一片漆黑。自那樹林的深處，飄來了一股氣味。

衛青與溫螢皆不再開口說話。兩人對看了一眼，雙方的眼神都流露出警戒之色。他們各自調勻呼吸，放輕了腳步，無聲無息地朝著氣味飄來的方向走去。

每往前邁出一步，那刺鼻的腥臭味便濃了一分。

那是血的氣味。

兩人停下了腳步。樹林裡有幾棵枯木因腐朽而傾倒，形成了一小塊空地。只要是森林，必定會有像這樣的地方，由於不再有枝葉遮蔽日光，年輕的樹木可以恣意生長，就像是一個讓樹木汰舊換新、新陳代謝的地點。

如今兩人就站在這樣的一處空地中，皎潔的月光投射在腐朽、布滿青苔的枯木上，那月光宛如薄而銳利的刀刃，看起來是如此晶瑩透亮，如此殘酷無情。

在那月光的照耀下，兩人看見枯木的旁邊橫躺著一道人影。貌似是個年輕女人，身上穿著宮女襦裙。女人兩眼無神地凝視著天空，一動也不動，雙手以扭曲的姿勢癱軟在地面上。襦裙及地面都被鮮血染成了深紅色。

女人的咽喉早已遭人撕裂，鮮血不斷從咽喉處汩汩湧出。

想夫香

「……野獸？」

「是啊，他們都這麼說。」

九九一邊為壽雪梳理著頭髮，一邊說道。今天清晨時，九九察覺殿舍外樹林裡的鳥雀鳴叫聲特別吵鬧，因此走出去看了看，沒想到樹林裡竟然有一大群攜帶長刀的勒房子❶宦官，個個神情緊張地在樹林裡左右查看。一問之下，原來是有人在樹林裡發現了宮女遺體，從傷口的痕跡推斷，似乎是遭到猛獸攻擊。

「聽說喉嚨被咬斷了，可能是山犬或狼……如果是老虎的話，該怎麼辦才好。」

「此地乃皇城內苑，非深山野地，豈有虎哉？吾於後宮久居，亦不曾見山犬。」

「不，聽說有時真的會有山犬混進宮裡來，上次也有一個宦官被咬死，聽說傷口都化膿了，痛苦掙扎了很久才過世……」

九九臉色蒼白地打了個哆嗦。

「死者為何處宮女？」

「聽說還沒查出來，目前正在清查哪一處有宮女失蹤。」

「……此宮女本欲前來吾宮，卻橫死林中？」

或許她本來有事要委託烏妃幫忙，卻在途中遭猛獸襲擊。

壽雪透過鏡子望向九九。九九或許是怕壽雪難過，趕緊說道：

「應該是遭野獸追趕，才逃進了樹林裡。」

壽雪不禁凝視著鏡子，看著鏡中那憂鬱的表情，那神情是如此柔弱而無助。她趕緊挺直了腰桿，板起臉孔，眼前的鏡子是一面八角鏡，背面飾以螺鈿，上頭有夜光貝、琥珀、玳瑁、琉璃，排列成花鳥圖騰。她以纖白的手指輕輕觸摸鏡緣，凝視著鏡中的自己——不，應該說是自己的頭髮。

「吾髮尚黑？」

「娘娘，您放心，還是很漂亮的黑髮。」

壽雪謹慎地向九九確認自己染黑的頭髮是否有變色的跡象，九九並不清楚壽雪為什麼要染髮，但從不過問。不久前高峻已撤銷了欒氏一族的誅殺令，因此就算此時壽雪遭人得知自己是欒氏後人，也不會有殺身之禍。即便如此，壽雪還是不打算恢復銀髮，恢復原本的髮色，只會招來不必要的風波。

1 負責於後宮取締犯罪的皇帝直屬機關。

不過至少自己已經不用再生活於隨時可能被殺的恐懼之中。為了拯救壽雪的人生，高峻可說是盡了最大的努力。壽雪不必再像從前一樣，每天一早醒來，便抱著「不知能不能活過今天」的恐懼，以及如鉛塊般沉重的絕望感，她的心靈終於能夠感受到一絲輕鬆與溫暖。

「吾今日欲作宦官裝扮。」

「好的，娘娘。」九九於是將壽雪的頭髮綁在一起，而非平日的雙輪髮髻。一邊綁著，一邊憂心忡忡地問道：「娘娘，您真的要出去？一個不小心，可能會遇上山犬呢。」

「凶獸僅在夜間出沒，宮女亦在夜間遇襲。若膽小如斯，吾一步皆不得出夜明宮矣。」

「娘娘，您不是本來就很少出宮嗎？何必偏偏選在這樣的日子……」

「薛冬官不日便要歸隱，吾若不趁今日訪之，更待何時？」

壽雪今天打算再度拜訪薛魚泳。上次坐轎子讓她吃足了苦頭，這次原打算徒步前往，但以妃嬪衣著在外行走實在太過醒目，故決定易容打扮。原本最好的選擇，是裝扮成一般的官吏，但以壽雪的外貌，就算女扮男裝，看起來也只像是元服前的少年，因此裝扮成宦官是壽雪的唯一選擇。

「娘娘一定又只打算帶溫螢哥同去吧？」九九鼓起了腮幫子。

「若遇山犬，汝性命堪憂。汝自言之，豈忘卻耶？」

「如果是我遇到會有危險，那娘娘遇到也會有危險……不過如果當真遇上，我在旁邊一定會礙手礙腳，這次我是不敢央求娘娘帶我同去了。」

九九嘟著嘴，一臉哀怨地說道。不過她雖然嘴上抱怨，雙手還是動作俐落地為壽雪綰起髮髻。每次壽雪想要出宮，星星總是會鼓著翅膀大吵大鬧，但今天星星難得相當安分，斂起雙翅一動也不動，只見牠躲在帳內，一副全神貫注的模樣，彷彿正在提防著外敵入侵。

壽雪換上了薄鼠色的宦官袍，一出殿舍，便聽見林中傳出鳥雀的振翅及鳴叫聲。

「……尚未查出是何處宮女？」壽雪詢問跟在旁邊的溫螢。

「不，已經查出來了，死者是鵲巢宮的宮女。」

「鵲巢宮……」壽雪嘴裡呢喃。那宮近來發生了不少事情。

「彼宮女本欲來我夜明宮？」

「這就不清楚了。」

說起宮女，壽雪回想起了前陣子有一名宮女暗訪夜明宮，懇求壽雪「讓某個人死而復活」。壽雪只依稀記得那宮女身上帶著想夫香的氣味，臉上蓋著薄絹也就罷了，但就連她身上襦裙的顏色也怎樣都想不起來了。那宮女又是什麼來歷？

「……」

壽雪一邊走一邊沉思，忽然轉頭朝溫螢問道：

「死者身上可有想夫香氣味？」

溫螢愕然說道：「這個嘛，下官也不敢肯定。昨晚林子裡血腥味太濃，蓋過了其他氣味……」溫螢說到一半，忽然驚覺不對，但已來不及收回這句話。

「溫螢，汝曾親見宮女屍骸？」

仔細想想這確實很有可能，畢竟溫螢是夜明宮的護衛。

「……是的。」

溫螢的臉上露出了不該說溜嘴的懊悔。「下官是在夜巡的途中發現的。」

「何不速入殿中報與吾知？」

「那宮女死狀悽慘，下官認為娘娘還是別知道的好。」

「據聞那宮女咽喉帶傷而死，此事當真？」

溫螢皺眉說道：「娘娘連這個也知道了？」

「九九以此事告吾。」

溫螢一聽，登時露出了無奈的表情。「那女孩雖然本性不惡，但有些好奇心過重。」

「既是本性不惡，汝寬宥之。」

溫螢輕輕一笑。近來壽雪與溫螢漸漸熟了，壽雪發現溫螢其實臉上表情相當豐富。

「吾聞宮女乃遭凶獸襲擊而死，何以見得？」

「從傷口來看，宮女的咽喉肯定是遭動物以牙齒咬斷的，只不過……」溫螢猶豫了一下，接著說道：「齒痕並不像是山犬、狼之類的野獸。」

「莫非此獸無獠牙？若無獠牙，豈能食人？」

「娘娘，您誤會了，就算是猿猴也有獠牙。即便是……」

溫螢說到這裡，沒有再說下去。壽雪已明其意，忍不住撫摸自己的嘴唇。即便是人，也有犬齒。應該不可能吧……

「除了齒痕之外，還有另一個疑點。現場雖然留下了大量的血跡，但以死者咽喉的傷口之大，那鮮血的量未免太少了些。」

壽雪以指尖輕撫下顎，略一沉吟後說道：

「……此女或死於他處，遭人搬運至林中？」

「這也不無可能。如果真的如娘娘所言，那麼只要在遺體發現處周圍仔細查看，一定能夠找出蛛絲馬跡。昨晚發現遺體時已是深夜，所以無法調查。」

此時宦官們還在樹林裡到處查找，正是想要找出遺體從何處運來的線索吧。

「總而言之，最近請娘娘千萬不要獨自外出。」

「吾便欲獨自外出，九九亦不答允。」

溫螢揚起了嘴角。「這麼說也對……請娘娘務必聽從那女孩的話。」

壽雪最近感覺溫螢的嘮叨程度已不輸給九九。

❀

壽雪一到星烏廟，才發現高峻也來了，只見外廊上擺了一張桌子，高峻與魚泳正在對弈。那棋盤是邊緣有著象嵌裝飾的紫檀木，棋子為紅色及靛色，上頭繪著花鳥圖紋，顯得相當奢華，應該是高峻帶來之物。此時還不到中午，高峻竟然會出現在這種地方，可說是相當稀奇。

「今天朝議提早結束，所以朕就來了。」高峻見了壽雪臉上的神情，不等後者詢問，便已先回答了她心中的疑問。

「魚泳故意相讓？」

壽雪看著棋盤說道。持靛色棋子的魚泳正處於劣勢。

「不不，是陛下太強了。」

從他那口氣聽來，似乎是真心話。只見他愁眉苦臉地摸著鬍鬚，不住發出呻吟。

「朕小時候，曾向永德學過圍棋。」

「聽說雲宰相可是曾經打敗棋博士的圍棋高手。」

放下郎送上椅子，壽雪坐了下來，將長袍的衣襟微微拉開。此時外廊沒有直射日光，還算是陰涼，但壽雪光是走到這裡便已汗流浹背。

「微臣投降了。烏妃娘娘，您要不要與陛下來一局？」

壽雪朝盤面瞥了一眼，皺眉說道：「吾與他對弈，必敗無疑。」

「噢，您不擅長下棋？」

「吾習之於麗娘，麗娘從不寬讓，吾未嘗勝之。」

「微臣從前也常跟麗娘小姐下棋，她下棋確實從不手下留情。」

魚泳瞇起雙眼，流露出緬懷之色，彷彿在壽雪的背後看見了麗娘的身影。

「汝與麗娘，孰強孰弱？」

「這個嘛，微臣勝了一百二十三局，敗了一百零五局，另外還有十五局是和局。」

壽雪看著魚泳，心裡想著這個人竟然把弈棋的輸贏次數記得這麼清楚。魚泳輕撫鬍鬚，將視線移回棋盤上，只見他慢條斯理地拈起一顆顆的靛色棋子，放回盒中，從那神情看來，他似乎是在逃避與壽雪繼續談論麗娘的事情。或許對他來說，麗娘既是緬懷之人，卻也是心中永遠的痛。

「……汝曾言有歸隱之心，如若辭官，汝將返回故里？」壽雪問道。

聽說魚泳並未娶妻，在城外也沒有居所。一旦離開了這裡，他要何去何從？

「微臣的弟弟在城外經商，開了一家油肆，微臣應該會去和他同住吧。微臣雖然是個老糊塗，在店裡多少能幫上點忙。」

壽雪見他態度輕浮，不知此番話真假。

魚泳將棋子全部收進了盒中，將盒子遞給壽雪。

「烏妃娘娘，若懇請陛下讓五子，您應該能與陛下一較長短？」

意思是任由壽雪先下五子，雙方再開始對弈。

「吾不與他弈棋。」

壽雪臭著臉說道。魚泳呵呵笑了起來。

「娘娘這倔強的個性，真是與麗娘小姐如出一轍。」

魚泳扶著桌子，緩緩站了起來。「微臣好久沒下棋了，今天又對上陛下這位高手，如今心神枯竭，沒辦法再下了。」

魚泳將裝著棋子的盒子塞到壽雪手裡，從外廊走回房間，帶著放下郎走出了房門。壽雪瞪了手上的棋盒一眼，無奈地坐在高峻的對面。

「如果五子還不夠，朕可以讓九子。」高峻說道。

壽雪聽他說得氣定神閒，不禁皺眉說道：「不必相讓。」

「好，那朕就不讓了。」

壽雪一聽，更是雙眉緊蹙。「……三子。」

高峻聽壽雪說得懊惱，忍不住哈哈大笑，說道：「好、好，就三子吧。」

只讓三子，壽雪當然不是高峻的對手。下一局再讓五子，她依然慘敗，而見高峻一副老神在在的模樣，更是怒火中燒。

「妳太容易放棄了。」高峻還會批評壽雪的弈棋缺點。「只要遇到局勢對妳不利，妳就會放棄那個區塊。朕建議妳在放棄之前，應該先試著努力挽回看看。」

「不過弈棋，便嘔心瀝血，於吾何益？」

「輸了不是會很不甘心嗎？」

「勿多言。」

兩人各自將棋子移回盒內，準備再下一局。壽雪動作迅速，碰得棋子嘩啦作響，高峻卻是一子一子細心拈入盒中。就在兩人收好了棋子，各自拿起一子，準備開始下的時候，忽見衛青彎過外廊轉角，朝兩人走來，背後還跟著兩、三名宦官。

「大家，該移駕了。」

「噢，已經這麼晚了。」

高峻將棋子放回盒中，蓋上盒蓋，站了起來。今天的對弈，就以高峻大獲全勝作為了結。高峻低頭看著壽雪說道：「妳如果還想下，朕下次再奉陪。」

「吾絕不再與汝弈棋。」

「不然可以找衛青。」高峻轉頭望向衛青，只見衛青臉上露出了「既然是大家的命令，我也只好照辦，但我一點也不想」的表情。

「敬謝不敏。」壽雪說道。衛青聽壽雪這麼說，臉上卻微帶慍色。壽雪不禁大感無奈，答應了也麻煩，不答應也麻煩。

宦官們將棋盤收進了一只木製的龕中，那是一種鑲嵌著彩色象牙的華麗容器。壽雪在一旁看著，忽然想到一事，朝高峻問道：

「……昨夜有宮女橫死夜明宮外，汝知之否？」

「朕已經聽說了。」高峻點頭說道：「目前後宮正在進行大規模的捕獸行動，妳沒事盡量不要外出。」

「死者為鵲巢宮宮女？」

「是啊……」高峻轉頭問壽雪：「是妳認識的人？」

壽雪搖了搖頭。

就算慘死的宮女正是那晚造訪夜明宮的女人，壽雪也沒辦法幫上任何忙。自己唯一能做的事，大概只有……

「可知宮女姓名？吾欲焚絲羽，助其靈魂渡海。」

絲羽是一種鳥羽形狀的紙片，用途是弔唁死者。

高峻轉頭望向衛青，衛青說道：「那宮女叫徐成。」

壽雪問了寫法，牢記在心中，接著又問道：

「徐成身上，可有想夫香氣味？」

「不清楚。」衛青冷冷地應道。

「想夫香？那不是為了心上人而薰的香嗎？香氣類似百合……」

壽雪聽高峻這麼一說，不禁有些驚訝。

「汝亦知想夫香？」

「朕曾聽鵲妃提過，她常以想夫香來薰衣物。」

「……咦？」

鵲妃常以想夫香來薰衣物？

當然這並不是什麼奇怪的事情。妃嬪因思念君王而焚薰想夫香，這也是合情合理。但不知為什麼，壽雪心中有股不好的預感。那感覺就像是不安與陰影靜悄悄地鑽入了心中。

「……吾聞鵲妃染疾，如今尚未痊可？汝曾前往探視？」

「並沒有好轉的跡象。朕沒辦法經常去探視她，但不時會派使者前往慰問。她現在幾乎每天都躺在床上。」

壽雪不禁心想，高峻雖然外表木訥，但原來對妃子這麼關心。但比起這個，現在更令壽雪關心的是鵲妃的狀況。

「所患何疾，如此難治？」

「那不是病……唔，應該算是心病吧。因心情憂鬱，每天食不下嚥、夜不安枕。」

「此狀堪慮，不得小覷之。」

飲食及睡眠是生活的兩大基礎。

「是啊，自從她的親人過世之後，她就一直鬱鬱寡歡。」

「親人過世？」

「嗯，她的哥哥。聽說原本是個身強體壯的人，有一次從馬上摔下來，似乎是撞傷了頭，竟然就這麼死了。」

「……」

過世的親人、想夫香……壽雪的心中再度浮現了那個希望讓人死而復活的女人。

「朕打算過陣子如果她還是沒有好轉，就將她送回娘家安養。琴家……啊，朕忘了說，鵲妃的名字是琴惠瑤，她的父親琴孝敬是中書侍郎。由於是寒閥出身，朕有意拔擢，才令其女兒入宮為妃，沒想到竟發生了這樣的狀況。」

「寒閥？」

「說得極端一點，就是與雲家沒有任何關係的家族。」

真的是非常極端的說法。言下之意，當然是想要藉由重用琴家之人，來牽制雲家。

「與其讓她死在後宮，不如讓她回到父母的身邊。」

高峻說完後，便在外廊上邁步而行。壽雪跟在高峻的身邊，宦官們恭恭敬敬地捧著棋龕跟在後頭，回到了廟內，魚泳便領著放下郎出來恭送皇帝離開。

「祝陛下一路平安。」魚泳以敷衍的態度說道。

「注意身體健康，不要過於勞累。」高峻說道。

魚泳輕輕笑了兩聲，回應道：「謝陛下，微臣銘記在心。」

高峻轉身走向轎子，忽然像是想起了一件事，轉頭對壽雪說道：

「妳怎麼……」高峻望著壽雪的腰帶。「沒有佩戴那個？」

雖然高峻沒有明說，但壽雪心裡很清楚「那個」指的是那魚形的玻璃飾品。她望向高峻的腰際，上頭確實掛著他那只透明的魚形飾品，至於自己的魚形飾品，則收到了櫥櫃裡面。

「妳不喜歡？」

「非也。」

高峻沉默不語。木訥的表情中，流露出了三分悲傷。壽雪只好低聲說道：

「……恐遺失……不敢佩戴……」

高峻默默凝視壽雪，半晌後說道：

「既然是這樣，朕再做個不怕遺失的給妳吧。」

「咦……？」

「木雕的飾品就算遺失了，要重做也很簡單。對了，這次不要雕魚，改雕花吧。」

高峻似乎是想起了從前壽雪曾說過想要木雕的薔薇。

「吾不需要。」

壽雪冷冷地回應。高峻也不以為意，只說了一句「不必客氣」。她還想再說，高峻卻已坐上轎子，出了廟門。衛青與壽雪四目相交，卻什麼話也沒說，立刻將頭別向一邊，隨著轎子走出門外。

壽雪望著轎子離去，背後忽傳來魚泳的聲音：「烏妃娘娘。」回頭一看，身邊僅剩下魚泳一人，放下郎們不知去了哪裡，溫螢則是站在遠處候命。

「同情與愛情是兩回事，娘娘應該明白？」

這沒來由的一句話，令壽雪皺起了眉頭。「此話何解？」

「如果娘娘不明白，那是最好。希望娘娘永遠不明白。若要求娘娘別再與陛下親近，應該也是強人所難吧。」

「此話當對高峻說，吾實不堪其擾。」

「陛下只是太有同情心而已……娘娘，請您務必記住，『烏妃當一無所求』。」

當初麗娘也說過無數次相同的話。

「吾亦知之。」

「求則苦，若無力制之……便生妖魔。」

壽雪倒抽了一口涼氣。妖魔。

——娘娘的眼睛裡有妖魔……

衣斯哈的聲音，在壽雪的腦中迴盪。

魚泳不再理會僵立不動的壽雪，作了一揖後轉身離去。

「當娘娘迷惘自失時，請務必想起微臣的話。」

說完了這最後一句話，魚泳走入廟中。壽雪回過神來，想要追上去問個清楚，卻已不見他的身影，只剩下自己孤零零地站著，內心頓時有種天涯孤獨的感覺。不，至少自己並非孤獨一人。

淵螢靜悄悄地走了上來，說道：

「娘娘，您的臉色不太好，要不要下官準備一頂轎子？」

壽雪搖頭說道：

「無妨，吾可徒步回宮。」

走路的時候，至少比較不會胡思亂想。壽雪走向圍牆大門，轉頭朝淵螢瞥了一眼，忍不住說道：「幸有汝在吾側。」

溫螢臉上露出了微笑。

回到夜明宮後，壽雪向溫螢下了一道指令：

「往鵲巢宮，打探鵲妃狀況。」

「遵命。」

溫螢收到指令，立即出宮去了。壽雪心想，溫螢是個做事謹細的人，不久之後應該能帶回來一些確切的消息。

接著壽雪走進殿舍，喚來九九說道：

「昔日宮女遺落薄絹，汝取出與吾。」

九九從另一間房間將那條薄絹取了過來。壽雪將臉湊上去一聞，依然殘留著細微的想夫香氣味。攤開一摸，不僅質地柔和細緻，且重量極輕，顯然是使用上等生絲細心織成之物。

「吾當日觀此薄絹，便覺過於高貴，不似為一宮女所有。」

「這麼說也對……不過有些女孩雖然當宮女，但家境是富裕的。」九九說道。

壽雪細細回想當晚那女人的外觀舉止。那女人身穿宮女服色，披著這條薄絹，從進入夜明宮到離開，一次都不曾向烏妃行禮。

一次都不曾……

宮女皆受過嚴格的禮儀訓練，就算情緒再怎麼激動，有可能會在面對妃嬪時忘了行禮嗎？更何況對象是烏妃，是那女人心目中能夠施展返魂之術的最後希望，不管再怎麼說，至少應該行個揖禮才對……

「娘娘，怎麼了嗎？」

九九見壽雪握著薄絹陷入沉思，一臉錯愕地問道。

「……無事。」

壽雪吩咐九九把薄絹拿回去收好，獨自走向櫥櫃，取出了墨硯，另外再準備了鳥羽形狀的色麻紙，這種形狀的紙稱作「絲羽」。使用絲羽弔唁死者的歷史相當悠久，據說從前是以棉布裁成，再更古老之前是以樹皮纖維編成。壽雪磨了墨，提筆在絲羽上寫了「徐成」二字，這是該宮女的名字。

壽雪拿著那枚絲羽，以及一座有著腳架的花形銀盤，走到了殿舍外，下了臺階，將銀盤置於鵝卵石地面上。接著壽雪在頭髮上一摸，才想起此時自己是宦官裝扮，頭上並未插牡丹花，於是她伸出了手，手心朝上。不一會兒，掌心出現微微搖曳的淡紅色火焰，火焰逐漸幻化為花瓣的形狀，一片、兩片……轉眼之間，已變成了一朵牡丹花。壽雪又伸出另一隻手，將那朵花夾在雙掌之間，輕吹一口氣，接著放開手，無數淡紅色細粉灑落在銀盤上，化成了淡淡的火焰。

壽雪將寫了姓名的絲羽放入銀盤中，接著又拿了一枚什麼也沒寫的絲羽，同樣放入銀盤。兩張紙片開始靜靜燃燒，而後將手伸到那淡紅色火焰之上，火焰向上竄升，在她的指縫之間纏繞穿梭，那火焰並不燙，只帶有微微的暖意。壽雪將所有的火焰凝聚在掌心，以雙手緊緊包住，接著將手掌打開，裡頭竟飛出了一隻鳥兒。那鳥兒通體透明，呈現淡紅色，而且不時如同火焰一般搖曳。

鳥兒振翅高飛，越過了樹林，身影逐漸遠去，不一會兒已看不見了。相信那鳥兒應該能帶著死去宮女的靈魂渡過大海，前往極樂淨土吧，當然前提是宮女的靈魂並未化為幽鬼。

壽雪捧著銀盤回到殿舍內，九九正在收拾小几上的東西。

「娘娘為過世宮女焚了絲羽？」九九拿起那些鳥羽形狀的色麻紙。

以絲羽弔慰死者之靈，是一般民間常見的習俗，並非烏妃所獨有的法術。但是讓火焰幻化成鳥，引導靈魂渡海，則只有烏妃才辦得到。

「娘娘，我為您更衣。」九九走入帳內，拉著壽雪身上的長袍說道。

「此袍靈便，何必再換？」

穿著宦官的服裝，比一般的襦裙好活動得多。

「那可不行，雖娘娘穿男裝也別有一番風采，但既然是娘娘，還是應該穿著襦裙。」

「唔……既是如此……」壽雪見九九說得斬釘截鐵，也不違拗她的意思。一旦惹惱了九九，事情只會更加麻煩。

兩人正在帳內換著衣衫，衣斯哈正好抱著星星走了進來。一問之下，原來衣斯哈是帶著星星到屋外遛一遛，順便以沙子清潔身體。

「切記莫往林中去。」壽雪提醒道，畢竟咬死宮女的野獸目前還沒有找到。

「好的，娘娘。」衣斯哈說道：

「我們只在殿舍的後頭，星星也知道林子裡危險，不敢靠近呢。」

「噢……？」

隔著簾帳，隱約可以看見星星的身影。這隻怪鳥最近似乎轉了性，變得特別安分。

壽雪換完了襦裙，掀帳而出，只見衣斯哈跪在地上，頭垂得極低。

「何作此態？」壽雪問道。

「不、那個……」衣斯哈抬頭說話，只見他臉頰微微泛紅。

「剛剛娘娘在更衣，他當然不敢抬頭。」九九說道。

「宮中有此規定？」壽雪問道。

九九一聽，不禁又好氣又好笑。

「娘娘，您要有點身為女性的自覺。」

「自覺……」壽雪嘴裡咕噥。反正是在帳內更衣，何必如此提防？

一旦同住的人變多，要重新適應的事情也會變多。不過壽雪並不覺得麻煩，反而有種學習新事物的新鮮感。

「對於我們這些身邊的下人，娘娘是不必感到害羞，但如果是在陛下面前也這樣，那可就不太好了。娘娘，我記得有一次陛下來了，您還在更衣呢。」

「吾不憶有此事。」

「娘娘，您真是的……」九九忍不住嘀咕。就在這時，溫螢從廚房的方向走了過來，後頭還跟著紅翹。

「溫螢，汝歸何速也？」

溫螢朝著壽雪作了一揖。他不愧是衛青的部下，每個舉止都完美無瑕，沒有絲毫累贅。

「下官依娘娘的命令，前往查探鵲妃狀況，目前已稍有眉目，先回來報告娘娘。」

「嗯。」壽雪催促溫螢繼續說下去。

「這幾個月來，鵲妃一直臥床不起。似乎是因為兄長猝死，心情難過所致。她不讓所有宮女及宦官近身，身邊只留數名侍女照顧生活起居。但有件事頗為古怪……」

溫螢不再說下去，露出了回想的表情。

「何事古怪？」

「鵲妃只獨鍾愛一名宦官，不僅允許那宦官待在身邊，而且只要那宦官一離開，鵲妃就會情緒激動，大吵大鬧……」

「唔……」

聽起來確實有些古怪。就算再怎麼喜愛一名宦官，反應也不應如此激烈。

「而且那宦官是最近剛進宮的雛兒，年紀約莫二十歲。下官沒有跟他交談過，但已確認了他的相貌。」

溫螢轉頭望向背後的紅翹，紅翹遞出了手中的紙。

「下官向紅翹描述特徵，請她畫了出來。」溫螢接過紙，呈給壽雪。

「此人名叫封宵月。」

壽雪一看那張畫，胸口彷彿遭人重重捶了一拳。

——這張臉……

垂肩的黑色長髮，讓人難以忘懷的俊美容顏……

——梟！

那正是烏漣娘娘外出徘徊的那個晚上所看見的那名青年。在看見那青年的瞬間，壽雪感覺到一股寒意自胸口向上竄升。

驀然間，壽雪回想起當初在鵲巢宮的池畔，也曾感受到相同的恐懼，或許那正是因為當時那名青年就在鵲巢宮內。

「娘娘，您認得此人？」

溫螢問道。壽雪半晌說不出話來，只能勉強微微頷首。溫螢的目光頓時變得犀利。

「……聽說自從此人進了鵲巢宮之後，鵲妃變得更加孤僻，不讓任何人靠近。而且……據說有時房間裡還會傳出怪聲……」

「怪聲？」

「像是吸食液體的呼嚕聲，還有痛苦不堪的呻吟聲……」

壽雪不禁緊緊握住了雙手。不知道為什麼，心中有股非常不好的預感。

「這封宵月與鵲妃必然有些隱情，下官會再查探清楚。」

溫螢作了一揖，便要轉身離去。

「且慢……」

壽雪雖然將溫螢叫住了，內心卻亂成一團，不知道該對溫螢說什麼才好。只是心中有股相當不好的預感，總覺得不能再讓溫螢獨自潛入鵲巢宮。

溫螢靜靜地等著，半晌之後，壽雪才說道：

「無事……小心在意，切勿涉險。」

「下官明白。」

溫螢轉身離去，就跟當初進來時一樣，沒有發出一點腳步聲。壽雪又看了一眼紅翹畫的肖像圖，吞了口唾沫。到底是什麼事情，讓自己感到如此不安？

——這天直到太陽西下，溫螢都沒有再回來。

✿

壽雪匆忙走出殿舍時，正巧遇到高峻走上臺階，身後還跟著手持燭臺的衛青。此時天空還殘留著夕陽餘暉，有如一張淡紫色的帳幕籠罩大地，雖然已經日沒，但夜晚的黑暗還沒有完全降臨，白天的暑氣也尚未退盡，就連拂在身上的風，也令人感覺到沉悶與溫熱。

「發生什麼事了？」

高峻見壽雪神情有異，開口問道。

「……溫螢入鵲巢宮至今未歸。」

高峻皺眉說道：「鵲巢宮？他去那裡做什麼？」

「受吾之託，查探鵲妃現狀。」

壽雪緊咬嘴唇，接著說道：「彼曾一度歸來，但言欲查探盡實，復往鵲巢宮矣……吾本該止之……不，吾本該自往，今悔之不已……」

或許是因為恐懼吧。因為那股莫名的不安，令壽雪不敢親自前往，所以把這個工作丟給了溫螢。從前不管任何事，自己都是親力親為，自從身邊多了一些人手之後，自己卻反而學會了逃避。

「吾大不如前矣。」

這是絕對不應該發生的事情。不該委託他人，不該依賴他人，不該牽累他人。

「壽雪……」

高峻抓住了壽雪的手腕，凝視著壽雪說道：

「……妳現在要去鵲巢宮，對吧？」

壽雪點了點頭。

「既然如此，妳應該專心在眼前的事情，其他的事都先別想了。」

高峻的聲音，撼動了壽雪的心靈。這已經不是第一次了，他的聲音似乎有種足以操控壽雪的力量，尤其是在如今這樣的時刻，高峻的聲音讓她有如吃了一顆定心丸。壽雪咬緊了牙齒，再度點了點頭。

「朕陪妳走一遭，有些事情比較好解決。」

高峻率先邁步而行，壽雪跟在高峻的身後，轉頭朝殿舍看了一眼。九九等人從門後探出頭來，臉上皆帶著擔憂之色。壽雪將頭轉回前方，加快了腳步。

當夕陽的餘暉從天上消失，大地也迅速受深藍色的黑暗所籠罩，在走路的過程中，周圍的夜色明顯逐漸變濃。衛青走在最前面，手中燭臺的火焰不住搖擺。三人走入了椨樹與杜鵑花的樹林內，驀然間，不知何處傳來刺耳的鳴叫聲及振翅聲，讓壽雪嚇得縮了縮脖子。緊接著一道鳥影從頭頂上一閃而過，同時又傳來一聲低啞的鳴叫。只見前方樹枝微微搖晃，那道鳥影落在樹枝上，定睛一看，原來是一隻星烏，那羽毛上的白色斑紋，在黑暗中異常醒目。

壽雪輕吁了一口氣，繼續往前疾行。

鵲巢宮一片死寂，宛如一個人屏住了呼吸，蜷曲著身子躲在黑暗之中，附近一帶連蟲鳴聲也聽不見。三人一同走向鵲妃所住的殿舍，那殿舍的正面大門及連接外廊的門都是緊閉狀態，槅扇窗內一片漆黑，沒有一絲亮光。包含懸吊在外頭的吊燈在內，每一座殿舍及迴廊都沒有點燈，完全沉沒在黑暗之中——有如夜明宮。

晚上點燈，是為了讓夜遊神不敢靠近。像這樣完全不點燈，是極度不尋常的狀況。

衛青站在正門前大聲喊道：

「鵲妃娘娘！陛下駕到，速速開門！」

等了一會兒，門內鴉雀無聲，衛青正要再喊一次，那門板無聲無息地開了。

開門的人是一名臉色慘白、面容憔悴的侍女。「有失遠迎，請陛下恕罪。」侍女跪下說道：「鵲妃娘娘不喜光亮，所以沒有點燈……奴婢現在立刻去點上。」

那侍女在殿舍內匆忙奔走，點亮各處燈籠，燈光一亮，只見那侍女骨瘦如柴，四肢細弱得彷彿隨時會折斷。殿舍內雖然有了一點亮光，但畢竟太過寬廣，只憑寥寥幾盞燈籠沒辦法照亮每個角落。而在殿舍深處，隱約可見一道簾帳，帳後似乎有一個女人坐在床上。

高峻邁步向前，壽雪緊跟在後，由於四下昏暗，她的身影幾乎完全隱沒在高峻的後方。

壽雪環顧房內，除了那憔悴的侍女之外，沒有任何隨侍，也沒有溫螢所提到的可疑宦官。壽雪忍不住舉袖摀住了口鼻。自從一踏進殿舍，鼻中便聞到一股濃郁到令人作嘔的強烈香氣，那有如百合一般甜膩清冽的氣味，正是想夫香。氣味的濃厚程度，讓人不禁產生置身在百合花園內的錯覺，房間內的景象看起來有點朦朧，想來正是因為過度焚香，造成煙霧瀰漫的關係。簾帳邊、櫥櫃上、矮几上……到處擺著白瓷香爐，不停冒出煙霧。而且在這嗆鼻的香氣之中，似乎還混雜了一些腥臭味。那氣味到底是……

「陛下……」帳內傳出了微弱的聲音。

坐在床臺上的女人拉開被褥，想要下床來，身體卻是搖搖晃晃。

「坐著就好，不必行禮了。」

高峻一邊說，一邊走近簾帳。衛青緊跟在高峻身邊，警戒著周遭狀況，壽雪也跟著高峻走上前去。

「讓陛下看見這種醜態……請陛下恕罪……」

壽雪總覺得那細弱的聲音聽起來相當耳熟。高峻掀開簾帳，走了進去，壽雪也跟在旁邊，鵲妃抬頭看見壽雪，霎時圓睜雙眼，顯得相當驚愕。

鵲妃因為太過削瘦的關係，臉上的顴骨異常突出，皮膚也粗糙無光澤，但五官端正、相貌清秀，整個人散發出一股優美而高雅的氣質。

「妳……妳不是……」鵲妃臉上毫無血色，趕緊低下了頭。她那聲音，正是當初懇求壽雪施展返魂之術的宮女。

「汝薄絹遺落於夜明宮內，吾特來歸還。」

壽雪從袖子裡取出薄絹，朝著床臺拋去。薄絹落在被褥上，沒有發出一點聲音。

「吾有一宦官在此，汝亦當歸還。」

鵲妃吃驚地抬起頭來。壽雪目不轉睛地看著她，說道：

「琴惠瑤，還吾宦官來。」

只見惠瑤表情緊繃，臉色慘白。

「烏妃娘娘……請……請原諒我！」

「何言原諒？」

「啊啊……」惠瑤以雙手摀住了臉。壽雪心中焦急不已，宛如胸口有把火在燃燒，背上卻是冷汗直流。

「惠瑤……溫螢……那宦官在何處？」

壽雪正要再追問，不遠處竟傳來野獸的低吼聲，在整個殿舍內迴盪，房間的後側有一扇門，那聲音似乎就是從門後傳出來的。惠瑤忽然跳下了床，踉踉蹌蹌地奔向那扇門，動作之快，幾乎令人不敢相信她的身體還有這樣的體力。

「鵲妃娘娘！」那侍女急忙奔過去，惠瑤卻將她一把推開，接著打開了那扇門。

門一開，一股氣味登時竄入壽雪鼻中。方才混雜在濃郁香氣中的，正是這股腥臭味。

「……這是血的味道。」

高峻低聲呢喃。壽雪凝神望向門內。裡頭似乎是另一間房間，雖然漆黑一片，但可以看得出來似乎有東西在動。

壽雪感受著門內的氣息，屏著呼吸小心翼翼地一步步往前踏。惠瑤站在門前，朝著房內喊了一聲：「哥哥！」

惠瑤的聲音不僅微微顫抖，而且語氣相當古怪，彷彿同時夾雜著親密與恐懼。

「哥哥，你安靜點，給我一些時間，我會好好向陛下解釋的。」

——哥哥？

惠瑤轉過了頭來，乍看之下似乎對著高峻，但眼神空洞，彷彿對一切皆視而不見。

「陛下，都是妾身不好，把哥哥藏在這裡，請陛下恕罪。哥哥的身體有些特別，除了這裡之外，他哪裡也去不了，所以……」

「等等。」

高峻微微皺眉，以平淡的口氣說道：

「妳哥哥不是已經過世了嗎？」

惠瑤頓時五官扭曲，彷彿有一塊薄薄的玻璃在她的心中碎裂了。

「他死了……沒錯，他死了！明明是那麼健壯的人，竟然就這麼死了！」惠瑤發出了宛如要將黑暗撕裂的尖銳叫聲。「哥哥這輩子幾乎沒得過什麼病……他從小就是個坐不住的人，身上總是有些小傷，但就算受了傷，他也滿不在乎，依然可以騎著馬在山野間東奔西馳……我們的故鄉在鄉下，宅邸的周圍幾乎全是山，正適合騎馬狩獵，哥哥是個很喜歡打獵的人，每次外出打獵，我總是很替他擔心，但他每次都能平安歸來，這次怎麼會……」

惠瑤的聲音原本微弱得幾乎聽不見，這時卻突然轉強，雖然音調虛浮而高亢，但她自己卻絲毫不在意，簡直像著了魔一般說個不停。在場的每個人都被她那詭異的氣勢所震懾，只能默默地聽著。

「我沒有其他的兄弟姊妹，就只有這個哥哥……我從小就受到哥哥的呵護與關心，雖然哥哥偶爾會罵我……不，或許不是偶爾，是常常罵我……在成長的過程中，我們常為了一些小事而吵架，但他是我最重要的哥哥……哥哥不僅才高八斗，而且武藝絕倫……跟其他一起求學的朋友們比起來，哥哥總是最優秀的……哥哥是我所見過最完美的男人，不僅英姿挺拔，而且膽識過人，天底下沒有任何東西可以讓他畏懼……」

惠瑤的聲音越抖越厲害，她以袖子摀住了臉。

「我一直很仰慕哥哥……我知道哥哥將來一定會當官，為了幫助他更加飛黃騰達，我才決定進入後宮……沒想到哥哥竟然……」

惠瑤啜泣了一陣，接著說道：

「……我相信哥哥一定沒有死，一定是哪裡搞錯了……哥哥可不是會隨便死掉的人……所以我才拜託烏妃，想辦法讓哥哥活過來……」

高峻朝壽雪瞥了一眼。

「烏妃卻跟我說沒辦法，毀掉了我唯一的希望……我甚至考慮過，乾脆跟哥哥一起死掉算了……但是……」

惠瑤說到這裡，表情突然變得明亮，雙頰微微泛紅。

「有一個人實現了我的心願。」

高峻平心靜氣地問道：

「……實現了妳的心願？妳指的是……」

高峻即使在面對幾乎陷入精神錯亂的惠瑤，態度依然相當冷靜，這應該是本性使然吧。或許正是高峻的冷靜態度，讓情緒亢奮的惠瑤能夠勉強維持住一絲的理性。

「那個人對我說，要讓哥哥活過來一點也不難……」

惠瑤的雙眸泛著濕潤的光澤。

「他是個剛入宮的宦官，我本來只是半信半疑。他要我準備哥哥的一撮頭髮或一塊碎骨，以及一些泥土。於是我寫信給父親，請父親寄送一些哥哥的頭髮來給我。我……我甚至沒有機會看見哥哥的遺體。我能夠拿到的，就只是哥哥的一撮頭髮。光是想到這一點，我就好想要再見他一面。那個宦官……他靠著頭髮跟泥土，真的製作出了哥哥。剛開始的時候，我看他拿泥土捏起人偶，本來還很生氣，以為他在開我玩笑……沒想到完成之後，那真的是哥哥……」

壽雪一邊聽著惠瑤的話，一邊不動聲色地踏入另一間房內，雖然裡頭一片漆黑，但眼睛習慣了黑暗之後，多少還是能夠看見一些景象。房間的中央有一張椅子，椅子上似乎坐著一個人，從身高來判斷，大概是個男人，但看不清楚相貌。

就在踏入房內的同時，壽雪聞到了比剛剛更加強烈的血腥味。

「那真的是哥哥！哥哥活過來了！他真的會動！雖然還不會說話……但是那張臉、那個體型真的是哥哥。要讓哥哥維持活著的狀態不太容易，但我不會給人添麻煩的……呃……雖然有時哥哥肚子餓了，會給別人帶來一點困擾……」

惠瑤雖然聲音有點虛弱，卻是說個不停，不禁令人懷疑那枯瘦的身體怎麼還能有這麼多的力氣。那模樣與其說是心情亢奮，其實更像是靠著不停說話來掩飾心中的不安。不住顫抖的聲音，顯示出了她心中的恐懼。

「我保證不會再發生上次那種事情，請陛下高抬貴手……」

壽雪凝神細看著房間的深處，角落好像擺著數只水桶。雖然房內漆黑，無法看得清楚，但水桶裡好像裝滿了黑色的水，不，那不是水，那是……

「『上次那種事情』指的是什麼？」

高峻問道。惠瑤瞠目結舌，說不出話來。

「啊啊……陛下……我……」

惠瑤的聲音逐漸變成了啜泣聲。她一邊哽咽，一邊吸著氣。壽雪趁著這時候，觀察著房間深處的狀況。水桶後頭的牆角處好像躺著一個人。壽雪緩緩踏步向前。不管是坐在椅子上的人，還是躺在地上的人，都是動也不動。仔細一看，地上那人背對著壽雪，兩隻手腕被反綁在背後，身上穿著宦官的長袍。雖然看不到臉，但壽雪一看那背影，便知道那人的身分。

「……溫螢！」

壽雪急忙奔上前去，腳下不小心踢翻了一只水桶，但此時已顧不得那些事情。壽雪跪在溫螢身邊，大聲呼喚他的名字。一摸溫螢的手腕，發現還有體溫，這才鬆了一口氣。接著再摸他的頸子，確認還有脈搏，雖在暗中難以詳細查看，但身上似乎沒有什麼嚴重的傷口。

「溫螢！」

壽雪連續呼喚數聲，溫螢張開了雙眼。

「……娘娘？」溫螢的聲音極為沙啞。

「是吾。」壽雪一邊回應，一邊試圖解開綁縛在他手腕上的繩索，那繩子綁得很緊，以自己的力氣根本解不開。

溫螢轉過了頭，仰望壽雪。驀然間，溫螢神色緊繃，直盯著她的背後。

「有何……」

壽雪才正要轉過頭，溫螢已跳了起來。雖然雙手還反綁在身後，他卻在一瞬間繞到了壽雪的前方。

眼前極近距離處赫然站著一個人，雖然因光線昏暗而看不清臉孔，但想來應該是剛剛坐在椅子上的男人。壽雪轉頭望向椅子，果然坐在上頭的人已不見了。有人接近背後，而自己竟渾然不覺，這令壽雪感到不寒而慄，何況那人此刻明明就站在眼前，壽雪卻絲毫感覺不到眼前存在著任何活物。

那到底是什麼？真的是活人嗎？

「哥哥！」

惠瑤奔上前去，拉著那男人的手腕，將他拖離了壽雪及溫螢的身邊。男人搖搖擺擺地退了幾步，那動作完全不像是活人，甚至不像是人。

此時忽有一道微弱的亮光，照亮了整個房間，轉頭一看，原來是衛青持著燭臺走了進來。高峻則依然站在門邊，瞪視著那詭異的男人。

「……他就是妳所說的……死而復活的哥哥？」

惠瑤緊緊抓住了男人的手腕。從壽雪的角度，只能看見男人的背影及側臉，男人就跟溫螢一樣，雙手被反綁在身後，臉部看起來一片蒼白，嘴唇毫無血色，那顯然不是因為光線太過昏暗的關係，仔細一看，他兩眼空虛，不帶一絲神采。即使只看側臉，也能看出男人的五官相當端正而俊挺，但就是無法讓人認為那是一張俊美的臉孔。

即便如此，至少從外貌上來看，那確實是一個男人。

「令死者復生……？」

壽雪忍不住呢喃。不可能，絕對不可能。

「天下巫術師皆無此能耐……便是吾亦不知有此術。」

惠瑤轉過上半身說道：

「這是宵月做的，他讓哥哥活過來了。」

「宵月是誰？此人絕非尋常宦官。」

「我也不知道。只要能讓哥哥活過來，就算他是『勾魂鬼』也無所謂。」

「此人今在何處？」

「應該在這宮裡吧。我吩咐過他，要他別離我太遠。」

壽雪回想起了當初溫螢回報的消息，說道：

「吾聞汝要此人片刻不離身，此是何故？」

惠瑤轉過了頭，身體倚靠著男人的手臂。

「……只有宵月壓制得住哥哥。」

「壓制？」

「哥哥需要喝血。」

惠瑤緩緩伸手，指向地板上那一只只的水桶，剛剛壽雪踢翻的那只水桶，還橫倒在地上。衛青手中的燭臺照亮了水桶，以及潑灑在地板上的那些暗紅色液體，腥臭味正是從那些液體所發出的。

——是血！

而且是大量的鮮血。

壽雪不由得全身寒毛直豎。這麼多的血，到底是從哪裡取得的？

「你們放心，這些都是野獸的血。」

惠瑤似乎看出了壽雪心中的疑問，以微弱的聲音說道。

「但是哥哥不太喜歡喝……宵月說，如果不給哥哥喝血，他就會變回泥土。所以我們試了各種獸類的血，最有效的是猴血跟豬血……但是宵月說，那只能讓哥哥暫時止渴而已，哥哥真正想喝的是人血。人血這種東西，當然不可能輕易弄到手，所以哥哥有時候會因為飢渴而做出粗暴的舉動，發生這種情況時，只有宵月才能壓制得住哥哥。」

惠瑤的肩膀微微顫抖，面色如槁木死灰。

「……故汝等縛其雙手？」

壽雪問道。惠瑤微微點頭。

「惠瑤……」

惠瑤聽見高峻的呼喚聲，身體微微一顫，轉頭望向高峻。那足以撼動壽雪心靈的聲音，聽在惠瑤的耳裡竟是如此驚心動魄。

「妳還沒有回答我剛剛的問題……『上次那種事情』指的是什麼？」

高峻的口氣依然平淡。惠瑤垂下了頭，以袖口遮住臉，以顫抖的聲音說道：

「是哥哥……殺了徐成……請陛下寬宥。」

徐成……那遭野獸咬死的宮女。

「那天晚上，哥哥非常飢渴，野獸的血無法滿足他……過去每當遇到這種情況，都是我跟連娘把血分給哥哥……」

惠瑤挽起袖子，只見整條臂膊包滿了紗布。連娘大概就是剛剛那名侍女吧，她們兩人臉色慘白，原來是因為缺血的關係。

「但是那天晚上，我們來不及這麼做。我急著派人把宵月找來，偏偏就在這個時候，徐成捧著水走進房間。不過一眨眼，哥哥已經咬斷了徐成的喉嚨……他就這麼咬住徐成，不停吸她的血……」

惠瑤臉色蒼白，全身顫抖。不只是因為缺血，更是因為強大的恐懼。

「宵月走進來的時候，已經太遲了，徐成已經死了。我們不能把屍體留在宮裡，不能讓鵲巢宮遭人起疑……哥哥的事情，絕對不能讓任何人知道。所以我叫來幾個宦官，把屍體搬到遠處丟棄……我心裡覺得對徐成很抱歉……」

惠瑤說到後來，聲音越來越細，幾乎難以聽得清楚。

「陛下……」惠瑤抬頭說道：「不管任何責罰，都由我一個人承擔，請陛下饒了我哥哥吧。他好不容易才活了過來，要是他又死了，我也……」

惠瑤流露出殷切的期盼，微弱的聲音也變得激動而尖銳。壽雪站了起來，仔細觀察站在惠瑤身邊的男人。從那張臉上，看不出一絲一毫的動容。沒有任何感情，也沒有任何想法。

「……惠瑤，此物並非汝兄。」

「……咦？」

一股苦澀的滋味，在壽雪的口中擴散。

惠瑤轉頭望向壽雪，整個人傻住了。

「此物絕非汝兄死而復生，僅是宵月所做泥人。」

「妳在說什麼？他真的是我哥哥。」

「此物僅是空殼，並非活物。外觀神似汝兄，卻無靈魂。汝便再等數載，此物亦不能化為汝兄。」

「不……不可能……」惠瑤臉色大變，那表情就像是有什麼東西在心中碎裂了，嘴裡不住呢喃。「不可能……絕不可能有這種事……」

惠瑤抬頭望向身旁的男人，看著那毫無喜怒哀樂的臉孔，惠瑤的表情逐漸扭曲。或許在惠瑤的心裡，早已隱約明白這個東西根本不是哥哥。

「不……不……他是哥哥……是我唯一的哥哥……」

惠瑤不住搖頭，以顫抖的聲音說道：「是我……最重要的人……」

那悲慟欲絕的聲音，訴說的對象不是壽雪，而是身旁的哥哥。但站在旁邊的男人依然眼神空洞，彷彿什麼也沒看見。惠瑤似乎再也承受不住悲傷，雙眉一蹙，眼淚滾滾滑落。

「哥哥……」

惠瑤伸出了顫抖的雙手，輕撫那凝視著虛空的雙眸下方的臉頰。

就在這個瞬間，男人忽然瞪大了眼睛，這是他的臉上第一次出現表情變化。原本舉止笨拙的男人，竟然以驚人的速度彎下腰，張大了嘴。

「啊……」

既像驚呼又像嘆息的聲音，自惠瑤的雙唇間逸出。

男人咬住了惠瑤的咽喉，裸露的犬齒陷入肉中，惠瑤的喉部登時皮開肉綻、鮮血狂噴。

每個人都清楚聽見了皮肉遭撕裂的聲音，噴出的鮮血染紅了天花板，大量血雨濺在壽雪的臉上，一切只發生在轉瞬之間。

男人咬著惠瑤的咽喉不放，不停吸著鮮血。惠瑤雙手癱軟，像鐘擺一樣左右搖晃，含著淚水的雙眼並沒有闔上，卻已和她的哥哥一樣空洞無神。

壽雪從髮髻上摘下牡丹花，那花朵迅速幻化成箭矢。壽雪朝男人踏上一步，以迅雷不及掩耳的速度將箭矢插入男人的胸口膻中，男人吸血的動作戛然而止。

既然是泥人，要加以破壞並不難。泥土只是容器而已，其內部必有一代身作為術法的核心，若容器是人形，代身的埋藏地點必定在胸口膻中。

壽雪將手從男人的胸中抽出，手中握著一撮頭髮。

男人的皮膚瞬間乾裂，變成了土黃色。皮膚表面的泥土開始碎裂剝落，四肢分崩瓦解，化成了土塊，嘴部乃至於整張臉當然也逐漸粉碎，惠瑤身體癱軟在地上，而男人的身體所化成的土塊便紛紛摔落在她的身上。

不過須臾之間，男人化成了大量的泥土及衣褲，宛如被褥一般覆蓋在惠瑤的屍體之上。

接下來有好一會兒，每個人都站著不動，也沒有開口說話。黑暗中瀰漫著濃濃的血腥味及泥土的氣味。首先發出聲音的人，是惠瑤的侍女。那抽抽噎噎的啜泣聲，在漆黑的房間裡不斷迴盪。

高峻走上前去，跪在惠瑤的身邊，伸手闔上了她的雙眼。

「……自從她聽到兄長的死訊後，精神狀況就一直不是很好，朕實在應該趕快送她回她父親身邊才對。」

聲音中流露出了懊惱與悔恨。高峻就這麼凝視著惠瑤，久久不能自已。

壽雪從懷裡掏出手帕，蹲下來擦掉惠瑤臉上的血跡，接著將她兄長的頭髮塞進她的手裡，起身離開房間。

走出房間之前，壽雪轉頭一看，高峻依然凝視著惠瑤的臉。

❀

來到殿舍外一看，自外廊的轉角處探出的幾顆頭慌張地縮了回去。大概是一些聽到了騷動卻不敢來查看的宮女及宦官吧。壽雪也不理會，逕自下了臺階，踩著鵝卵石快步離去。

「娘娘！」

溫螢自背後追趕了上來。他似乎是自行解開了繩索。壽雪看著溫螢來到自己的面前，遞出一條手帕。

「請擦擦臉吧。」

壽雪在臉上一摸，才察覺自己的臉上沾著血滴。「……多謝。」

壽雪接過手帕，一邊擦臉，一邊在心中暗罵著自己。宮女死了，惠瑤也死了。自己到底做了什麼？

惠瑤曾經暗訪夜明宮。姑且不談她希望烏妃能夠施展返魂之術，可以肯定的是她希望有一個人能對她伸出援手。

但是自己什麼也沒做，還把惠瑤趕了出去。

「娘娘……壽雪娘娘！」

溫螢伸出了手。壽雪將手帕放在溫螢的手上，但溫螢沒有收起手帕。他說了一句「失禮了」，舉起手帕將壽雪臉上剩餘的血跡擦拭乾淨。

「……溫螢，汝亦受吾所累。」

溫螢停下動作，凝視著壽雪說道：

「不，下官才要請娘娘恕罪。下官不僅沒有達成任務，還要娘娘冒險來救，全怪下官疏於提防。」

溫螢接著描述，當時他找到了那名侍女，正要盤問詳情，卻遭人從背後擊昏了。

「下手之人，似乎正是鵲妃娘娘。」

「原來如此……」壽雪一邊呢喃，一邊轉頭望向殿舍。屋頂上的鵲鳥瓦片，在皎潔月光照耀下熠熠發光，顯得濕滑油亮。

「……宵月不知所往，吾必擒之。」

「衛內常侍應該會安排搜捕行動……要在鵲巢宮裡找找看嗎？」

「彼必不在此間。」

宮女、宦官們既然會躲起來偷窺，宵月必定也察覺了騷動，多半早已遠遁了。

「宵月夜宿何處？」

壽雪問道。如今已知道了宵月的名字，只要再取得他的頭髮或隨身物品，就可以施展飛鳥之術加以追蹤。

「這個嘛……」溫螢說道：「宵月在宦官宿舍內並沒有房間。他是鵲妃近侍之人，照理來說生活起居應該是在殿舍之內，但是殿舍裡也沒有他的房間。他到底在哪裡睡覺、在哪裡吃飯，下官完全查不出線索。」

壽雪不禁大感愕然。到底是什麼樣的生活，才能讓人找不出蛛絲馬跡？

「下官打聽的結果，沒有一個人看過宵月睡覺或吃飯。」

「此人儼如……」

儼如惠瑤的哥哥。不，那具不過是乍看之下像惠瑤的哥哥，卻有著空洞雙眸的泥人。

壽雪蹙起秀眉，沉吟了起來。既然沒有辦法施展法術，自己並沒有其他辦法可以追蹤宵月，只能等待衛青指揮宦官們把他找出來。

「……回夜明宮。」

壽雪緊咬嘴唇，快步離開鵲巢宮，內心為自己的無能為力感到極度懊惱。

月光照亮了夜晚的道路。每走一步，都踏著落在鵝卵石上的自己影子。

兩人走進了椨樹與杜鵑花的樹林。驟然間，壽雪感覺到一股寒意自背脊往上竄，忍不住停下了腳步。不，與其說是停下腳步，不如說是雙腿痠軟，沒有辦法抬腳。

「娘娘？」溫螢露出詫異的神情。壽雪沒有心思解釋，只是焦急地左右張望。月光將一棵棵樹木的影子投射在地面上，明亮處猶如白晝，枝葉茂密處卻比陰影更加漆黑，什麼也看不見。壽雪赫然發現樹枝上似乎有東西……

在一根椨樹枝上，竟有著兩條人腿。周圍盡是黑茫茫一片，唯獨那樹枝恰巧沐浴在月光下，宛如那兩條人腿是從黑暗裡長出來的。兩條人腿的上方，隱約可看到灰色長袍的下襬，顯然那是一名宦官。

「妳便是烏妃？」

樹枝上傳來了說話聲。那聲音似乎比鳥鳴聲更加高亢，卻又彷彿比狗的低吼聲更加低沉，宛如同時具備了宏亮及靜謐這兩個特性。

溫螢立即閃身擋住壽雪，說道：「什麼人？」

站在樹枝上的人沒有回答這個問題。陡然間，那樹枝似乎微微上揚。下一瞬間，那人已落在地上，沒有發出半點聲響，壽雪與溫螢只聽見了樹葉的沙沙摩擦聲。

修長而纖細的身體、白皙的臉孔、垂肩的黑色長髮。眼前的人，正是紅翹所畫的宵月。不，應該說是壽雪那天晚上所看見的青年。

「……梟！」

四目相交的瞬間，壽雪忍不住張口大喊。正如同那天晚上一樣。

「對了一半。」

宵月冷冷地說道。

「這個東西並不是我，正如同妳並不是『烏』。」

他一邊說，一邊將手掌放在自己的胸口上。

「這只是『使部』……是個容器。」

——容器？

壽雪心中正感狐疑，自己的手卻動了起來，摘下了髮髻上的牡丹花，朝著宵月拋去。這一連串的動作，完全不是出自壽雪的意願，彷彿身體已不再屬於自己所有。牡丹花在空中幻化成了箭矢，朝著宵月疾射而去。但就在箭鏃碰觸到宵月身體的瞬間，整枝箭驀然融解，接著消失得無影無蹤，簡直像是被宵月的身體吸了進去。

「同族相鬥，沒有任何意義。真要分出高下，除非使用『烏部』。」

宵月的表情在冷酷中帶了三分錯愕。

「怎麼，妳連這種事也不知道？難道是烏吃了太多花，腦筋糊塗了？」

壽雪感覺自己呼吸急促，全身冷汗直流。一心只想要拔腿逃走，兩條腿卻痠軟無力，緊貼著地面動彈不得。

「噢，看來至少妳還知道我很可怕。」

「汝……所言之事……吾一概不知……」

呼吸越來越困難，光是要擠出這句話便已費盡力氣，聲音微弱且不住顫抖，連壽雪也沒想到自己的聲音會變成這樣。

「好吧，我明白了，妳是真的什麼也不知道。妳聽好了，我乃幽宮葬者部，也就是你們所說的劊子手……此外，我還是烏的哥哥。」

幽宮是傳說中大海另一頭的神之國，眼前這個人，竟然說自己是幽宮的劊子手？

宵月說完了這句話，似乎自以為已經把事情交代得一清二楚。他抬起了那毫無表情的臉孔，凝視著天空，一會兒後發出了一聲輕呼。

「終於找到了……我費盡千辛萬苦才來到這座島，牠卻不知去向，讓我很傷腦筋。」

宵月說完這句話，對著天空大喊：

「斯馬盧！快過來！」

天空中傳來了振翅聲及低沉的鳥鳴聲。

一隻鳥降落在附近的樹枝上，黑褐色的羽毛上帶著白色的斑紋，正是星烏。

「我叫你過來，你停在那裡做什麼？快到我這裡來！你這傢伙，為什麼總是不聽話？」

宵月呼喚了好幾次，星烏才終於飛了過來，停在宵月的手腕上。

「斯馬盧本來是『烏』的鳥。」宵月說道。

壽雪張開乾涸的雙唇，勉強說道：

「『烏』是何人？莫非……是吾？」

「對了一半。」宵月又重複了一次剛剛的話。

「烏是烏，妳是妳。烏在妳的身體裡。」宵月指著壽雪的身體說道。

「在……吾體內？」壽雪按著自己的腹部。

「我一直在觀察著這座島上的變化，但是根據規定，我不能對這座島做出任何干涉。這座島是幽宮之國流放受刑者的禁忌之島，當初烏獲罪遭判流刑，被流放到這座島上，我只能袖手旁觀，什麼也做不了。」

宵月的表情沒有任何變化，但聲音流露出了一絲哀傷。

「我跟烏都是自大海的泡沫中生出的。那顆水泡一分為二，生出了我跟烏。我被任命為『葬者部』，烏則被任命為『岬部』，負責引導隨著風及海流來到幽宮的亡者靈魂。我與烏皆活在黑暗之中，暗夜裡的亡者靈魂泛著白光，猶如萬點繁星，令人嘆為觀止。」

壽雪聽著宵月的描述，不知為何胸中竟湧起一股懷念之情，明明自己從來沒有聽過這些事……等等，真的沒聽過嗎？壽雪驀然想起，宵月這番話與衣斯哈所描述的故鄉神話有幾分相似，但是壽雪又覺得自己好像打從很久以前就已知道這些事，與衣斯哈無關。壽雪感覺腦袋亂成了一團，各種不同的記憶互相混雜，再也分不清了。

「但是後來烏犯了重罪。她受到死者蠱惑，將靈魂送了回去，讓死者重獲生命。烏是個沒有心機的傻女孩，她不知道這是多麼嚴重的事情。我妹妹真是太傻了，傻得惹人憐愛。她是我唯一的親妹妹，我卻沒有辦法幫助她，我只能看著她遭判處流刑，任由她漂流到這座島上。依規定我不能干涉島上之事，所以我只能在幽宮內觀察著島上的變化。」

宵月說到這裡，忽然口氣一振，接著說道：

「就在不久前，我感受到了烏的力量。她試圖從妳的體內竄出。對烏的思念與憐惜，讓我再也按捺不住。因此我從幽宮將斯馬盧與『這個』送到了這裡來。」

宵月在說到「這個」的時候，指著自己的身體。

「……我忍耐了一千年，已經夠久了。」

宵月從星烏身上取下一根羽毛。

「烏妃……不，妹妹啊，讓我來結束妳的痛苦吧。」

那根羽毛幻化成了一把雙刃劍，劍身筆直，整把劍呈黑褐色，上頭有著點點白斑，猶如星辰，在月光的照耀下，那劍身閃爍著美豔的光輝。壽雪才剛看清那是一把劍，宵月已疾衝而來，星烏振翅飛上天空。

溫螢的反應比壽雪快得多。他從懷裡取出匕首，才剛出鞘，下一瞬間已響起劍刃碰撞的尖銳聲響。宵月一擊即退，只見他舉著劍與溫螢對峙，緩緩移步拉開距離。

「這個模樣實在是綁手綁腳……海潮與月光更是極大干擾，可惜今晚不是新月之夜。」

宵月嘴上抱怨，表情卻是毫無變化，想來應該是因為「容器」無法呈現出表情吧。或許那也是類似泥人的東西。

因為有溫螢在身邊的關係，原本陷入恐慌的壽雪此時逐漸恢復了冷靜。無論如何，一定要想辦法找出活路，不然的話，連溫螢也有性命之憂。

「汝欲殺吾耶？」

壽雪問道。宵月沉默了片刻，說道：

「我並不想殺妳，但烏在妳的體內，要殺死烏，就必須先破壞妳這個容器。」

宵月很認真地回答壽雪的問題。他似乎也想讓壽雪明白整件事的來龍去脈。

「『烏』即烏漣娘娘？」

除此之外，壽雪想不出其他的解釋。宵月又停頓了一下，才說道：

「……那是你們擅自取的名字，與我無關。烏、梟也不是我們的真名，我不打算把我們的真名告訴妳。」

——易言之，「烏」即烏漣娘娘，而「梟」來到此地，是為了殺死烏漣娘娘。

想要殺死烏漣娘娘，就必須連壽雪也一起殺死。

壽雪凝視著宵月，心中暗自沉吟。此人臉上不帶任何表情，只是因為他的軀體只是一具人偶。雖然他突然襲擊壽雪，但從說話口吻聽來，並非無法溝通之人，說到壽雪無法理解的環節，他也願意細心解釋。

壽雪不斷在心中告訴自己，此時務必要保持冷靜，如果沒有辦法化解這個危機，不僅自己會送命，想必連溫螢也無法全身而退。

「……汝名非封宵月？」

壽雪故意岔開了話題。宵月似乎沒有察覺壽雪的意圖，說道：

「那是老師為我取的名字，我受他不少照顧。」

「老師？」

「他姓封，大家都叫他封老師。」

「汝受他照顧？」

「要渡過大海可不是一件簡單的事情，再加上為了維持這副模樣，我用盡了所有的力量。我倒在路邊，是老師幫助了我，而且我能來到這裡，也是靠著老師的幫助。」

不管問他任何問題，他都會認真回答。明明目的是殺人，回答問題時卻相當坦率，形成奇妙的對比。

「……汝亦吸食人血？」

「沒那個必要。」宵月雖然表情毫無變化，口氣卻帶著三分不悅。「我製作的那個東西是人，為了維持人形，才需要吸食人血。」

「區區泥人，豈能是人？汝造此物，有何用意？」

壽雪雖然盡量壓抑，卻難掩心中的憤怒。宵月微微歪著頭，似乎是在觀察壽雪的表情。

「我只是實現那妃子的心願而已。雖是泥人，但我自認為造得不錯。」

「既無靈魂，亦非活物，似人非人，何言不錯？」

「是嗎？但那妃子很開心，直說那真的是哥哥。」

「難道汝造此物，僅為取悅鵲妃？」

「不然我為什麼要做那種麻煩事？我只是看她太可憐，所以想幫幫她。」

壽雪一時啞口無言，愣愣地看著宵月，半晌後問道：

「……鵲巢宮內有一池，汝應知之？」

壽雪的腦海裡浮現了那老宮女的模樣。

「我知道，那池塘裡有一隻惡鬼，是我將它消滅了。留著那東西不僅會害人，對那惡鬼也是一種悲哀。」

壽雪已不知道該說什麼才好。

「問完了嗎？沒有其他問題了？」

宵月重新舉起了手中的長劍。溫螢一見，也跟著握緊手中的匕首。

「且慢……」

宵月正要向前踏出，驀然停止了動作。下一瞬間，忽然有一樣東西插入了地面，與宵月的鞋尖僅差毫釐。壽雪才剛一愣，緊接著又是一道破空之聲，另一根箭矢插入了宵月的肩頭。宵月因衝擊力而往後退了一步，接著又是嗖嗖數響，宵月迅速翻身，躲到了樹後，數根箭矢全都插在地上。

壽雪轉頭一看，樹林的入口處出現了幾道人影。站在中間的人竟是高峻，衛青則站在高峻前方，有如盾牌一般。兩人左右各站著數名勒房子宦官，有的持弓搭箭，有的手持長刀。

壽雪再度轉頭望向宵月的方向。他已躲在樹後，此時完全看不見身影。既然會躲避，代表箭矢的攻擊對他有效，他承受了壽雪的法術依然毫髮無傷，卻反而禁不起一般弓箭的攻擊。或許因為那軀體只是人偶，因此有可能遭到毀壞吧。仔細一想，他剛剛自己也說過，要殺死烏，就得先毀掉「容器」……

「我就算被箭矢射中，也不會死，但這『使部』要是斷手斷腳，我還得重新製造，實在是有點麻煩。」

宵月回答了壽雪心中的疑問，這聲音是從樹上傳來的，他似乎跳到樹上去了。手持弓箭的宦官們都把箭鏃瞄準了樹上，但枝葉茂密處一片漆黑，根本看不見宵月在哪裡。

高峻默默上前，將壽雪由上到下看了一眼，問道：「有沒有受傷？」壽雪搖了搖頭。

「那就是宵月？」

高峻看著樹上問道。

「然也。」

「他出來得正好，省得我們到處找他。」

「好與不好，尚未可知。此人非尋常人物。」

「若是幽鬼一類，朕倒也習慣了。不過剛剛他身上中了箭，似乎不是幽鬼……」

高峻凝神細看樹梢，說道：「他剛剛說了『重新製造』，難道他自己也是泥人？」

「或與泥人類同，是否由泥所造，吾亦不知。」

「既是泥人，必然可以毀掉。」

高峻說得輕描淡寫。就在這個時候，衛青擲出一物，緊接著樹上的陰暗處似乎有樣東西撲簌簌地滑了下來。仔細一看，正是宵月，他的身體落至地面時，幾乎沒有聲音。

宵月的腳踝上插著一把小刀，似乎就是由衛青所擲出。宵月並沒有拔出小刀，只是蹲伏在地上，看著壽雪等人，他的臉上依然毫無表情，插在肩膀上的箭矢也沒有拔出。

「你是皇帝？如果可以的話，我希望你別來妨礙。」

宵月說道。衛青從懷裡抽出匕首，高峻舉起手，要衛青先按兵不動。

「你要危害烏妃，朕可不能坐視。」

高峻的口吻依然平淡而沉靜。宵月目不轉睛地看著高峻，高峻也朝著他上下打量。

「我也不想殺害無辜少女，你們如果要恨，就恨香薔吧。」

香薔即第一代的烏妃。

「此話何解？」

「香薔正是把烏封入體內的元凶。」

高峻看了壽雪一眼，接著向衛青使了個眼色。衛青吩咐勒房子宦官們向外散開，站在聽不見聲音的位置。

「香薔使烏漣娘娘入夜明宮，自守護之，此即烏妃之始。」

壽雪說道。至少夜明宮內所藏史書上是這麼寫的。

「守護？」

宵月訕笑了兩聲，恨恨不已地說道：

「那個狡猾的丫頭，以自己及後繼女子的身體為容器，將烏封於體內，還對此滔天大罪三緘其口。我唯一所恨，只有那個丫頭，那惡毒的做法簡直不是人。」

宵月不僅說得憤恨難平，那毫無表情的臉上也流露出了三分恨意。

「以活人為容器，是絕對不能施展的禁忌之術，一旦施展此術，必定會招致災厄。不僅是你們的災厄，也是我們的災厄。香薔觸犯此大忌，實是罪該萬死。」

宵月望著壽雪，接著說道：

「每到新月之夜，妳是不是會感到萬分煎熬？那正是因為妳體內的烏想要逃出去，那股力量幾乎會將妳的靈魂撕裂。就算是我，也難以想像那會多麼疼痛。只要烏繼續留在妳的體內，妳就必須承受這種痛苦。」

新月之夜的煎熬，是壽雪心中不願想起的痛。當年麗娘曾告訴壽雪，烏妃與烏漣娘娘身心相連，彼此會互相感應，那句話原來是這個意思。壽雪感覺到一股寒意在胸腹之間逐漸凝聚——烏漣娘娘就在自己的體內。陡然間，壽雪的心中浮現了「妖魔」這個字眼。

「妳以為妳很怕我，但其實真正怕我的是烏。我身為葬者部，職責是獵殺幽宮罪犯。妳與烏幾乎已經合而為一，所以妳能感應到她的恐懼。妳雖在世為人，靈魂卻在不知不覺之中不歸自己所有。這是多麼殘酷的一件事？香薔……」

宵月頓了一下，深深嘆了口氣，才接著說道：

「香薔不斷拿花餵食烏。對我們來說，那是一種毒藥，會讓我們陷入酩酊狀態。烏已經……失去了自我意識。」宵月說得痛心疾首。

「花……」壽雪低聲呢喃，低頭望向自己的手掌。所謂的花，指的是晚上獻給烏漣娘娘的牡丹花嗎？那竟是毒藥？

「我看在眼裡，卻只能袖手旁觀，就這麼經過了漫長的歲月。直到不久之前，我感覺到烏的力量突然暴漲，並聽見了烏的哀號，那是充滿了憤怒與痛苦的哀號。烏在妳的體內陷入了狂暴狀態，我想妳那時候也相當憤怒吧。」

狂暴狀態……壽雪驀然想起當初與冰月對峙時，自己確實曾因為憤怒而差點失去理智。那個時候壽雪感覺胸腹之間有一股灼熱的渦流不斷激盪，完全無法壓抑。

「差不多該讓烏獲得解脫了。我既然身為葬者部，妹妹的事情當然應該由我了結。因為這個緣故，我非殺妳不可。」

說完這句話後，宵月以單膝跪地的姿勢橫揮長劍，所幸溫螢在千鈞一髮之際將壽雪往後拉，劍尖只割斷了壽雪的衣服。宵月迅速起身，再度由下往上揮出長劍，砍向身體失去平衡的壽雪。溫螢舉起匕首，擋下了這一劍，但是宵月以快如閃電的速度又揮出一劍，將溫螢手中的匕首砸飛了出去。溫螢因強大的衝擊力道而跪倒在地上，而宵月的下一劍，已瞄準了壽雪的頸項。

劍身還沒有碰觸到壽雪的頸子，強大的劍壓已讓她感到一股寒意。壽雪以為自己已必死無疑，沒想到就在那剎那之間，她的手腕受到一股強大力量拉扯，整個人向後翻倒。壽雪的側臉撞擊在地面上，皮膚感受到了泥土的冰冷，鼻中也竄入了草葉摩擦所產生的強烈氣味。為什麼在這樣的生死關頭，自己還能感受到這些呢？壽雪自己也覺得不可思議。

但比起這些，更重要的是壽雪感覺到了人的體溫，自己似乎正被人抱在懷裡。這是誰的體溫？不知道為什麼，她很清楚這個問題的答案。是高峻。

高峻撲在壽雪的身上，以自己的身體蓋住了她的身體。下一瞬間，高峻的身體似乎微微震了一下，當高峻起身時，壽雪驀然聞到了一絲類似鐵鏽的氣味。

——是血！

壽雪登時大驚失色，一股涼意自指尖竄上全身。

「高峻……！」壽雪跳起來大喊。

「朕沒事。」

壽雪還要追問，高峻已面無表情地按著手臂站了起來。「只是小傷而已。」

高峻的手臂似乎挨了一劍，雖然他聲稱只是小傷，鮮血卻從他的袖口不斷滴落。壽雪忍不住按著自己的胸口，她的心跳異常快速，手指依然冰涼，而且抖個不停。

耳中不斷聽見劍刃碰撞聲。壽雪轉頭一看，宵月與衛青正打得難分難解。衛青的匕首撞開了宵月的長劍，宵月腳下一個踉蹌，衛青趁勢舉起匕首直刺，宵月迅速飛身向後，拉開了距離。

宵月舉著手中長劍，等著衛青出招，就在此時，不知何處傳來了刺耳的鳴叫聲。那不是星烏，而是壽雪極為熟悉的鳴叫聲。宵月身邊的草叢裡，跳出了一團金黃色的物體。

「……星星！」

星星鼓動著金黃色的翅膀，彈跳到了壽雪的身邊。「你怎麼會跑到這裡來？」

星星又喊了一聲，彷彿在回應著壽雪的問題。

「哈拉拉！」

宵月氣呼呼地大喊：

「你這沒用的『鳥部』，來這裡做什麼？」

星星氣勢十足地張開翅膀，宛如在恫嚇著宵月。

「烏部……」壽雪低聲呢喃，腦中想起了宵月剛剛說過的話。

——真要分出高下，除非使用「烏部」。

壽雪於是從星星的尾部摘下一根羽毛，那金羽迅速幻化成了金色的箭矢。這正是據說可以找出下一任烏妃的金雞之箭。壽雪看著箭矢，心中恍然大悟。

壽雪以全身的力氣，將那金色箭矢朝著宵月擲出。閃爍著金色光輝的箭矢破風而去，正中宵月的肩頭。

宵月的整片肩膀瞬間粉碎，伴隨著若有似無的破裂聲，但是向外飛散的不是肉塊，而是鳥禽的羽毛，上頭有著褐色與白色的條紋，似乎是屬於梟的。壽雪不假思索，立即又擲出了下一根箭矢。這次箭矢直接貫穿了宵月的胸口膻中，發出了類似玻璃薄片碎裂的清脆聲響。

下一瞬間，宵月的胸口陡然向外脹開，化成了羽毛往四面八方飛散，緊接著連雙手及雙腿也都化成了鳥羽，宦官的長袍失去支撐，輕飄飄地垮了下去，唯獨頭部仍維持原樣，朝著地面墜落，那臉上依然毫無表情，雙唇卻上下翻動。

由於沒有發出聲音，壽雪不知道他說了什麼。

或許是烏的真正名字吧。

而在他的頭部在接觸到地面之前，也完全化成了羽毛飛散空中，宵月就這麼消失得無影無蹤，只留下滿地的梟羽。

皎潔的月光，將那些梟的羽毛照得絲絲明亮。

✿

高峻脫下了半邊的上衣，由衛青在手臂包上紗布，壽雪一邊撿拾著地上的羽毛，一邊側眼看著兩人。

「不是什麼大傷，很快就會痊癒。朕曾經受過比這更嚴重的傷。」

高峻等衛青包紮完，穿好衣服後說道。確實正如高峻所言，他的身上有著大大小小的傷疤，但就算傷勢不嚴重，總得受皮肉之苦。

「……多謝。」

壽雪只說了這麼短短一句話。高峻與衛青不由得面面相覷。

由於壽雪不放心任由鳥羽在地上置之不理，因此找來了一只麻袋，打算把羽毛全部收集起來，暫時放置在夜明宮。溫螢也在一旁幫忙，但壽雪完全沒有與他交談，只是默默撿拾著羽毛。對抗宵月的一戰，令壽雪深深感受到自己的沒用，若不是星星出現解圍，後果恐怕不堪設想。壽雪心中鬱悶，一句話也說不出來。

——哈拉拉……

宵月曾對著星星如此呼喚。那是星星的真名嗎？

眼前還有太多的事情等待釐清。

壽雪按著自己的腹部，回想起了魚泳那句話……若無力制之，便生妖魔。

自己是否有一天會化成真正的妖魔？

妳與烏幾乎已經合而為一，所以妳能感應到她的恐懼。妳雖在世為人，靈魂卻在不知不覺之中不歸自己所有。這是多麼殘酷的一件事？香薔……

宵月這句話在壽雪的心中不斷迴盪。當年的香薔，難道沒有考慮到這一點嗎？抑或……她明明知道，卻還是讓烏妃從此成為封住烏漣娘娘的容器？麗娘及歷代烏妃知道這件事嗎？冬官呢？

烏妃不僅被囚禁在後宮，甚至連軀體及靈魂也不屬於自己。

壽雪感覺到心中的一股信念正在土崩瓦解。

自己身為欒家的後人，從小只能過著躲躲藏藏的日子，後來母親慘遭殺害，她被選為烏妃，每一件事情都只能任憑命運擺布，即使如此，她還是堅強地活了下來——至少自己還有軀體，至少自己還有心靈，唯有自己的身體及心靈絕對不會受人掌控，也絕對不會遭人奪走。正是因為這股理所當然的信念，讓壽雪能夠抬頭挺胸地活著。但如今就連這股信念也變得不再能相信了。

現在的自己，是真正的自己嗎？

到底哪個部分是真正的自己，哪個部分是烏？是否有一天，自己的一切都會被烏奪走？抑或……這一天早已到來？

眼前景象一片模糊。

幾乎已到了瀕臨崩潰的程度。

「壽雪娘娘……」

溫螢的呼喚聲，讓壽雪抬起了頭。

「九九他們還在夜明宮內等著您歸來。您還是快回夜明宮喝杯熱茶，免得著涼了。」

溫螢綁起麻袋口，將麻袋掛在腰帶上後，朝著壽雪伸出了手。

「壽雪娘娘，您能走嗎？」

壽雪凝視著溫螢的手掌，緩緩將自己的手放了上去。溫螢的手如此溫暖，沿著冰涼的指尖滲入體內，終於讓身體獲得了一股暖意。

壽雪在溫螢的攙扶下站了起來，此時星星已不見蹤影，或許是自己先回夜明宮去了。

「壽雪……」

壽雪聽見高峻的呼喚，轉過了頭來。只見高峻一面走來，一面在懷裡掏摸。

「糕點？」壽雪問道。每次高峻從懷裡拿出來的東西，幾乎都是糕餅、點心類的食物。

「不是……」高峻說道。他看了一眼自己掏出來的東西，皺起眉頭，又收回懷裡。

「既非糕點，卻是何物？」

「下次再給妳吧。」

「與又不與，吊吾胃口！」

高峻遲疑了一下，從懷裡取出那樣東西後，握起壽雪的手，放在她的手掌之上。壽雪一看，原來是個木雕魚形佩飾。雕得相當細緻，上頭的魚鱗片片分明，尾鰭彷彿真的在擺動。

「汝已做之？」

壽雪曾說過玻璃佩飾怕弄丟不敢佩戴，高峻回應要改成木雕，那還是今天的對話，沒想到高峻已經雕出來了。

「這種程度的木雕，不花多少時間。朕前往夜明宮，原本是為了把它拿給妳。」

沒想到剛好遇見壽雪從殿舍內走出來。

「但朕一時沒注意，撲倒的時候損壞了。」

壽雪仔細察看那木雕，才發現背鰭確實有一點缺損。如果高峻沒說，自己應該會以為那原本就是這樣的形狀。

「朕再重做一只給妳。」

高峻伸出手，想把木雕佩飾拿回去。壽雪看著那佩飾，說道：「何須重做？」佩飾上有淡紅色的細繩，她將細繩綁在腰帶上。魚形佩飾垂掛在腰帶的下方，壽雪每一動，佩飾便左右跳動，好似真的魚一般。

「通體完好，恐成真魚矣。略有缺損，方是道理。」

壽雪以指尖輕撥魚形佩飾，高峻在一旁微笑說道：

「……是嗎？」

「妳喜歡就好。」

壽雪睇了高峻一眼，旋即別過頭，朝夜明宮的方向邁步。

「吾甚愛之……多謝。」

壽雪低聲說完這句話，並沒有回頭，反而加快了腳步，溫螢走在壽雪的前方，一邊警戒著周圍一邊前進。

皎潔的月色依舊灑落大地。

那股暖意曾經是壽雪身上的枷鎖，曾經是毒藥，如今卻成了攙扶著她的一雙手，讓自己不至於一蹶不振。

或許這違背了與麗娘的約定，或許這將會鑄下大錯，即便如此……

「衛青。」高峻喊道。

此時正在回內廷的路上。原本拿著燭臺走在前方的衛青聽到高峻的呼喚，轉身來到了高峻的身邊。周圍還跟隨著不少勒房子的宦官。

「有幾件事必須確認。」

「是關於宵月的事情嗎？」

衛青旋即會意。高峻點了點頭。

這件事有好幾個疑點。

宵月到底是何方神聖，這當然是必須查清楚的事情。除此之外，宵月為什麼能以宦官的身分進入後宮？為什麼會被分派到鵲妃的宮裡？他如何取得過所？

「……一定有人暗中幫助。」

高峻的呢喃聲消散在夜色之中。

✿

高峻穿過星烏廟的圍牆大門，直接走向廟後的殿舍。由於沒有事先告知皇帝要來，放下郎一看見高峻，慌慌張張地奔出殿舍，跪下行禮。

「魚泳在嗎？」高峻問道。放下郎將高峻引進上次的那間房間，過沒多久，魚泳便走了進來，彷彿早已在等著高峻。

「聽說陛下受了傷，不知現在可痊癒了嗎？」

「你消息真靈通。一點小傷，沒什麼大不了。」

魚泳見高峻神態一如往昔，又聽高峻這麼說，這才似乎鬆了口氣，點頭說道：「那真是太好了。」

「現在你安心了？」

「安心了。」

「那很好。」

高峻不再說話，轉頭望向槅扇窗。刺眼的陽光自窗外射入，令高峻不由得瞇起了雙眼。到底該如何切入正題？來到這裡的一路上，高峻一直在思考著這個問題。

「傷了朕的人，是一名新進的宦官雛兒，名叫封宵月，這你也知道嗎？」

魚泳目不轉睛地看著高峻，彷彿在推測著高峻這麼問的用意。

「微臣知道。」

「封宵月蠱惑鵲妃，害死一名宮女，幾乎將後宮鬧得天翻地覆，朕當然必須清查此人來歷。根據封宵月的過所紀錄，他是個名叫封一行的人物的侄子，但朕知道封宵月絕對不會是任何人的侄子，可見得過所必定是偽造的。到底是誰提供了偽造的過所給他？還有一點，封宵月並非驚大夫向仲介商人買來的宦官，而是在官吏的推薦下入宮的宦官。正因為如此，封宵月才會受到信任，被分配到鵲巢宮。當初推薦了封宵月的官吏又是誰？這兩個問題的答案，都是吏部郎中宿綱。」

高峻仔細觀察魚泳的反應。只見魚泳神態自若，表情絲毫沒有改變。

「宿綱這個人物，你應該相當清楚。他曾經在這裡擔任放下郎，接受你的指導。聽說受你指導的人，都對你敬慕有加，終生不忘你的恩情……為什麼你要連累這樣的人？」

魚泳聽到高峻的最後一句話，雙唇微微顫動，但他還是忍了下來，什麼話也沒說。

「宿綱一直到最後都沒有把你供出來。但你夜訪宿綱的事情，不僅有人聽到傳聞，還有人親眼看見。你以為三更半夜偷偷前往就不會被發現，恐怕是想得太簡單了。」

「陛下拷問了宿綱？」

「這是你逼朕這麼做的。」

高峻的口氣雖然平淡，卻極為嚴峻。魚泳不再說話。

「為什麼你要做這種事？」

高峻再次問道。

「為什麼你要把封宵月送進後宮？你跟他是什麼關係？」

高峻頓了一下，接著又以憤慨的語氣說道：

「你知道封宵月混進後宮的目的是殺害壽雪嗎？」

就算面對如此詰問，魚泳也沒有移開視線。高峻心頭一沉，彷彿受到詰問的人是自己。

「微臣知道。」魚泳直視著高峻的雙眼，口氣泰然。

「封宵月這個人，微臣本來不認識，但封一行與微臣是舊識。我們很久沒見了，不久前微臣收到他的信，他希望微臣幫忙取得過所，微臣於是找了宿綱幫忙。當時微臣只是抱著幫老朋友一點小忙的心情，但後來他們兩人親自來找微臣，說希望讓宵月進入後宮當宦官。世上因為生活困苦而希望入宮當宦官的人所在多有，這樣的委託並不是什麼奇事，何況由官吏推薦入宮的宦官，在宮裡的待遇也會比較好。但那宵月不像是貧苦之人，微臣實在看不出他希望當宦官的理由。宵月是個相當古怪的男人……不，他不是個男人，也不是個女人。他要當宦官，甚至不必進鴿房。說得更明白一點，他其實不是人。」

魚泳說到這裡，先喘了口氣，啜了口茶，才接著說道：「微臣問宵月進宮做什麼，他也不隱瞞，說是要進宮找烏妃。微臣問他找烏妃做什麼，他說要殺掉烏妃。微臣問了這兩句話，便不再問了。他既然不是人，必定是有任務在身，外人也不必過問。微臣於是委託宿綱，把宵月送進了後宮。」

「為什麼？」高峻的口氣難得頗為激動，失去了冷靜。「這不等於是把暗殺烏妃的刺客送進了後宮？」

「沒錯，微臣是把暗殺烏妃的刺客送進了後宮。」

高峻聽魚泳這麼說，反而一時啞口無言。

「宵月並非凡人，他既然要殺烏妃，不該由微臣阻止。烏妃不管是被宵月殺死，還是成功擊退宵月，那都不是微臣該干涉的。這一切都是烏妃的命……就算壽雪娘娘因此而死，那也是沒辦法的事。」

「沒辦法的事？壽雪如此信任你，你竟說這種話？」

壽雪曾數次造訪此地，聽魚泳回憶麗娘的往事。魚泳不可能不明白壽雪的心情。

魚泳雙眉顫動，眼神閃爍，不一會兒垂下了頭。

「……陛下總是對壽雪娘娘如此關心。」

「什麼？」

「微臣曾數次勸諫陛下，千萬不能跟烏妃太過親近，陛下總是不聽勸。」

「那是因為……」

「烏妃必須是孤獨之人。不能有任何奢求，不能接近人群，只能獨自在夜明宮度過一生。陛下不明白微臣為什麼要那麼做，微臣反而想要問陛下，為什麼陛下會認為微臣應該為壽雪娘娘著想？微臣實在不明白，為什麼您會有這樣的想法？」

高峻錯愕地看著魚泳。

「現在的壽雪娘娘，身邊既有宦官又有宮女，還有陛下不時關心，實在是三生有幸。您或許認為壽雪娘娘很可憐，但微臣一點也不這麼想。從當初陛下第一次為了壽雪娘娘的事而移駕冬官府，一直到現在，微臣從來不曾憐憫過壽雪娘娘。她的身邊聚集了那麼多人，還受皇帝如此關懷，有何可憐之處？麗娘小姐在世的時候，從來不曾受皇帝如此眷顧。歷代的幾位皇帝，都不曾關心過麗娘小姐。麗娘小姐孤獨了一輩子……一輩子！」

魚泳句句血淚，沙啞的聲音在房間內迴盪。

「有誰幫助過麗娘小姐？有誰關心過麗娘小姐？為什麼只有壽雪娘娘得天獨厚？麗娘小姐在世時，如果能夠獲得皇帝的一絲關懷……」

魚泳忍不住朝著桌上捶了一拳。茶杯翻倒，茶水沿著桌面滴落地板，那滴滴答答的聲音異常響亮，有如滾滾滑落的淚珠。

高峻凝視著魚泳那微微顫抖的拳頭。

「……麗娘有壽雪。」

高峻的一句話，讓魚泳抬起了頭。

「麗娘讓壽雪學會了讀書識字，明白了世間道理。麗娘以慈愛之心對待壽雪，只要看她，就能明白麗娘對她投注了多大的關懷，這也代表著壽雪在麗娘心中所占的分量有多大。壽雪就是麗娘心中最大的慰藉。」

魚泳默默凝視高峻。

「在麗娘心中如此重要的壽雪，差點因為你而送命。」

高峻的口吻極為平靜。魚泳的鬍鬚微微一動，卻一句話也沒說。

高峻回想起了魚泳的種種神態。那輕佻滑溜的態度，那略帶譏諷的口吻，那驚訝錯愕的表情，以及下棋時雙眉之間的皺紋。經常造訪此地的人並非只有壽雪而已，高峻自己也是這裡的常客。

待在這裡的時間，對高峻來說是難得可以放鬆心情的時間。

這段時間已經不會再回來了。永遠不會再回來了。

高峻站了起來。

「你曾說要告老還鄉，朕應允了，你走吧。」

高峻並不打算光明正大地懲處魚泳。畢竟才剛處決皇太后沒多久，此時不適合在朝中再掀風波。

「謝陛下寬宏大量。」魚泳一揖說道。

高峻什麼也沒說，轉身走出了房間。魚泳的心中竟然藏著如此強烈的憤慨與哀戚，自己過去完全沒有察覺。如今細細想來，魚泳確實常遮遮掩掩，不讓自己看穿表情，他竟然就這麼被蒙在鼓裡。不，或許自己的內心早已察覺了不對勁，只是卻刻意避免深入追究。

高峻感覺到彷彿有無數的事物正從自己的指縫之間滑落。總有一天，自己的掌心將空無一物，什麼也不會剩下吧。心中的莫名不安，恰似有一團陰寒的黑色影子，正在背後朝著他逐漸逼近。

魚泳當天便離開了星烏廟。正如同他曾經說過的，他投靠了住在城外的弟弟。但是就在數天之後，高峻接到了魚泳自殺的消息。

宮城的角落有一座弧矢宮，這裡算是皇帝的私邸，建築稱不上富麗堂皇，但小巧精緻，有點像是用來躲避凡塵俗務的隱居之家。這一天，壽雪搭著轎子來到了此地。當然，轎子是高峻派出的。

壽雪下了坐起來顛簸難受的轎子，抬頭一看，瓦蓋屋頂的圍牆大門上有一面匾額，上頭寫著大大的「弧矢宮」三字。穿過了圍牆大門，地上鋪著一整片的鵝卵石，眼前只有一座小小的殿舍，並沒有庭園造景。雖然視野良好，卻難掩一抹蕭瑟寂寥之色。殿舍的柱子並未塗上丹漆，維持著木材的原始質地。屋頂的邊角有著乘龜老人的裝飾瓦片，屋簷下吊著一整排的鑄鐵吊燈。

在宦官打開門扉的同時，一陣清風拂過，不知何處傳來清脆的鏗鏘聲響。仔細一瞧，原來是房間的周圍排列著大量的銅幡，每當起風時，便會碰撞摩擦。壽雪不禁心想，這房間可真是古怪。往腳下一看，一整片的石板地面上有著金屬象嵌，有圓點也有線條，似乎是排列成了星斗。壽雪一面左右張望，一面往深處走去，只見後頭有一張榻，高峻悠然坐在榻上。

「何故喚吾來此？」

壽雪問道。高峻在自己的身旁比了比，示意她坐下，由於沒有其他椅子，壽雪只好在榻的邊緣處坐了下來。依照宮廷規矩，坐在皇帝的旁邊是大不敬的行為，但高峻曾允諾，兩人獨處時對待她如冬王。

「冬官換了人，新的冬官想跟妳打聲招呼，所以我叫他到這裡來。」

「魚泳已去？」壽雪不禁感到有些失落。雖魚泳早說過要退隱，但不想竟會不告而別。

「是啊。」高峻只是應了一聲，也不多作解釋。

為什麼退隱之前沒有先說一聲？壽雪不禁心想。雖說魚泳跟高峻都沒有義務事先告知，但心裡還是有些落寞。

「彼曾言弟弟、弟媳居於城外，退隱後應往同住？」

「是啊。」

「吾與彼不復相見矣。」

壽雪沒有辦法離開宮城，除非魚泳回到宮城裡來，否則兩人絕不可能見面。

高峻沒有說話，只是看著地板上的星辰。

「新任冬官何人？吾曾見否？」

「妳應該不曾見過。星烏廟的預算及人力少得可憐，聽說全靠他居中安排規劃，才能夠維持運作。但他很少露臉，因此沒什麼機會跟妳見面。他年紀還很輕，才四十出頭。」

據說魚泳從很久以前就決定由這個人繼任冬官。

「既是冬官……應知烏妃真相？」

「是啊。」高峻說道。

「……冬官尚知多少祕事？」

壽雪暗自咕噥。過去壽雪一直認為冬官與烏妃所保有的祕密是相同的。但是就在不久前，魚泳曾以言語暗示壽雪的體內有「妖魔」。所謂的「妖魔」，指的當然就是烏漣娘娘。這是壽雪過去從不知道之事。關於烏漣娘娘，冬官還知道多少烏妃所不知道的祕密？

「大家。」

衛青進入殿舍，走到高峻前方。他沒有發出一點聲響，有如在水面上滑過。

「冬官晉見。」衛青說道。另一名宦官引了一名男子走上前來。那是個身材高䠷卻枯瘦的男人，身穿灰黝色長袍，配上插了尖尾鴨羽毛的濃鼠色幞頭。雙頰凹陷，臉色白皙，有如病人一般，目光卻異常犀利。

男人來到高峻及壽雪的面前，跪下說道：

「新任冬官，董虔，字千里，叩見陛下。」

男人的聲音雖然低沉，但比想像中要溫潤、柔和一些。乍看之下似乎頗為神經質，但或許實際上並非如此。

「微臣體弱多病，恐難當此大任，但為了報答長年提拔微臣的魚泳大人，微臣必鞠躬盡瘁，不辱魚泳大人的厚望。」

千里低著頭說道。當他一低下頭，原本銳利的目光也變得平和得多。

「魚泳可安好？」壽雪問道。

千里朝高峻看了一眼，旋即轉過頭來，對壽雪道：「魚泳大人很好，謝娘娘關心。」

「嗯……」或許魚泳正在和弟弟下棋吧。壽雪心裡想著。

「無緣與魚泳對弈，實為憾事。吾雖棋藝拙劣，想來魚泳亦不如高峻。」

高峻面露微笑，但那微笑中帶了三分感傷。壽雪心想，高峻想必也正為魚泳辭官之事感到寂寞吧。

「圍弈之道，微臣亦略知皮毛，若娘娘不嫌棄，微臣隨時候教。」千里說道。

「吾觀汝面相，便知汝棋藝過人。凡自言『略知皮毛』者，必是高手。」

壽雪皺起眉頭說道。千里呵呵笑了起來，壽雪不禁感到有些意外，原來這個男人笑起來如此隨和，或許他並不像外表看起來那麼陰沉。

「……魚泳大人多年來一直在研究著烏妃一職背後的意義。」

千里的臉上依然帶著淡淡的微笑。

「想必他已經發現了一些歷代白煙……即冬官所不知道的事情。」

「歷代白煙不知之事？」

「例如說，烏漣娘娘其實是被封印在烏妃的體內。」

壽雪目不轉睛地凝視千里。千里輕輕點頭，接著說道：

「繼任冬官之人，必定會從前任冬官手中接過一部《雙通典》……微臣指的當然是『另外一種的《雙通典》』，烏妃娘娘的手上也有一部。除此之外，並沒有其他交接之事，因此歷任冬官所知之事，並不會超過《雙通典》的範疇。然而魚泳大人似乎進行了許多研究，微臣說『似乎』，是因為微臣也只是讀了魚泳大人所留下的種種紀錄資料。目前這些紀錄資料還沒有整理完，微臣所知不多，但可以確定的一點，是魚泳大人原本相當熱衷於研究，卻在前任烏妃娘娘辭世後，就徹底放棄了……」

——原來如此。

壽雪頓時感到心情沉重。魚泳做了那麼多的研究，只是為了幫助麗娘。

但魚泳終究沒有成功。麗娘一直到死都沒有獲得自由。

「微臣打算先將魚泳大人的研究成果整理歸納之後，再接續著魚泳大人的腳步繼續研究下去。做研究本來就是微臣所擅長之事……」

「既是魚泳所查之事，何不往問之？」

「魚泳大人已經退隱了，要是拿這種事去煩他，他一定會用尖酸刻薄的口吻罵微臣『連這種事也要問一個退隱老人』。」

千里笑著說道：「要是做這種事，微臣的面子也掛不住。因此微臣打算把這件事當成魚泳大人留給微臣的一項考驗。」

壽雪的腦海浮現了魚泳那揶揄譏諷的嘴臉。

只見千里那削瘦的臉頰上漾起了緬懷與思慕的微笑，可見得他與魚泳之間的信賴關係有多麼深厚。

「要是微臣的研究能夠對壽雪娘娘有些幫助，也算是不負魚泳大人將冬官一職託付給微臣的寄望。」

千里字句琢磨，說得相當謹慎。壽雪不禁感到納悶。為什麼幫助自己能算是不負寄望？

「冬官的職責，本來就是輔佐烏妃。」

「吾不知有此事……」

「至少微臣是誠心誠意想要幫助壽雪娘娘的。」

壽雪凝視著千里的臉。雖然眼前這個人骨瘦如柴且臉色白皙，看起來像個隨時會倒下的病人，卻給人一種值得信賴的安心感。

壽雪不禁心想，如果自己有父親的話，或許就像這種感覺吧。

千里又說了幾句客套話後，便告退離開了。冬官府由此人掌管，應該不用擔心才對。

「魚泳有後矣。」

「是啊。」高峻依然只是簡單回應，並沒有多說什麼。壽雪轉頭問道：

「傷口尚痛乎？」

高峻皺眉說道：「不痛了。為什麼這麼問？」

「汝面相如此。」繼千里之後，壽雪又看起了高峻的面相。

高峻淡淡一笑，說道：「是嗎？」

「若有倦意，何不早歸？」

「這麼說也有道理。」高峻雖嘴上附和，卻沒有起身離開。

「……朕曾有一次睡在妳的床上，妳還記得嗎？」

「擾吾安眠，吾豈忘之？」

「那是朕睡得最安穩的一次，好像還作了個美夢。」

高峻對壽雪所說的「擾吾安眠」只當作沒聽見。

「吾床乃吾所有，絕不再借。」

「或許只是因為妳在朕的身邊。」

「吾非汝床，亦不外借。」

「嗯，好吧。」高峻起身說道：「朕說了無聊的話，妳別放在心上。」

壽雪抬頭看著高峻說道：

「汝夜不成眠？」

高峻低頭看著壽雪，答道：「……有一點。」

壽雪故意模仿剛剛高峻的動作，比了比自己的身邊，要高峻坐下。高峻也不拒絕，乖乖坐了下來。壽雪握起高峻的手，說道：

「炎夏時節，何以汝手卻涼？三餐能進否？」

「吃得很正常。」

「強食亦無益，徒傷胃腸耳。日雖炎熱，勿過食涼寒之物。可以蔥、薑入粥飲之，或食荔枝，有通神健氣之效。」

壽雪一邊搓揉高峻的手掌，一邊說道。「另可……」壽雪正思索著可以吃哪些食物，忽見高峻面帶笑容，問道：「何事發笑？」

「沒什麼……這些是麗娘教妳的嗎？」

「吾習之於夜明宮婢女桂子，非麗娘也。桂子於食最為講究，吾初到夜明宮時瘦如枯枝，全賴桂子調養。」

搓揉手掌的技巧，則學之於麗娘。小時候壽雪常作母親頭顱遭懸掛的惡夢，麗娘總是會搓揉壽雪的手掌，幫助壽雪安眠。

壽雪提了這段往事，告訴高峻：「汝若不能安眠，可使人如此揉掌。」

「原來如此……」高峻倚靠在榻上，放鬆了全身力氣。

「鵲妃死了。」高峻低聲呢喃。

壽雪停下動作，抬頭看著高峻。

「朕實在不希望她死。」

「豈有人望其死？」

「這並非單純基於同情。她一死，朕該如何面對她的父親？」

「汝曾言……鵲妃之父乃是寒閥，現任中書侍郎？」

「沒錯，他一定會對朕心懷怨恨吧。」

「此事乃鵲妃自取其禍，其父必不怨汝。」

「不，鵲妃的父親一定會這麼想……『如果當初沒有讓她進後宮就好了』、『發生事情的時候，如果早一點把她送回家就好了』。就算他的理性告訴他不能把錯怪到別人頭上，他的心中還是會留下埋怨的火苗。這種感情的火苗，遲早會變成熊熊大火，正如同朕無法原諒皇太后。」

高峻頓了一下，接著說道：

「如果沒有發生母親和丁藍的事，朕或許並不會如此執著於皇位。感情會改變一個人的想法，這是不變的道理。」

壽雪繼續搓揉高峻的手掌。雖然高峻的掌心已逐漸溫熱，內心恐怕依然是冰涼的狀態。

「另一方面，朕無法真心誠意地哀悼鵲妃之死，卻也讓朕感到自責。」

高峻雖然說得氣定神閒，壽雪卻彷彿聽見了他心中的吶喊。

「……何不焚絲羽？」壽雪說道。

「焚絲羽？」

「汝當親弔鵲妃，為其焚絲羽，務須全心全意，勿有他念。」

高峻凝視著壽雪，半晌後說道：

「好，朕試試看。」

「吾亦當為鵲妃焚絲羽，助其渡海。」

除了希望鵲妃的靈魂不要迷失方向之外，壽雪也暗自祝禱，希望高峻也不要迷失方向。

回到夜明宮後，壽雪從櫥櫃裡取出絲羽，寫上鵲妃的姓名後燒掉。壽雪目送著淡紅色的鳥兒越飛越遠，心裡想著高峻的事。這是壽雪第一次認真思考自己能為高峻做什麼事，並不是為了報答高峻因保護自己而受傷，或是為了報答到目前為止高峻對自己的種種關心，就只是單純想要為高峻做點事情。

絲羽化成的鳥兒已飛得不見蹤影。天空是如此蔚藍，彷彿將手浸入其中，連手掌也會染成藍色，堆積如山的白雲，宛如搓揉而成的麵團。

壽雪瞇起了雙眼，看著耀眼明亮的天空，半晌後才回到殿舍內。而後她再度走向櫥櫃，取出了麻紙，筆硯還放在小几上沒有收起，壽雪坐在椅子上，將麻紙放在小几上，略一思索之後，提起了筆。

這一天，壽雪寫了一封信給某官吏。

高峻脫下上衣，讓衛青拆下手臂上的紗布。傷口已經癒合，不再感到疼痛，但衛青看見那傷痕，微微皺起了眉頭。

「大家……」

傷痕只剩下若有似無的一條細縫，以痊癒的速度而言算是相當快，但古怪的是傷痕的旁邊多了些條紋狀的疤。

那褐色的疤看起來不像瘀青，反而像是梟的羽毛……

「朕並沒有什麼不舒服。」

高峻穿好上衣說道。雖然多了些疤，但身體並沒有什麼異狀，而且那疤痕似乎變淡了些，相信再過不久就會消失了。

「如有異常，朕會立刻告訴你。」

高峻對著滿臉憂色的衛青如此說道，接著起身走出房間，從內廷走向外廷的殿舍。在迴廊上走了一會兒，便可見廊外一大片的蓮花池，正前方有一座巨大的殿舍，但高峻停下了腳步，沒有繼續往前走。

四面八方傳來蟲鳴聲，天氣越來越炎熱，光是在太陽底下走一會兒，就會汗流浹背。幸而迴廊內不受日曬，再加上蓮花池上不時有清風拂過，所以相當涼爽。

此時蓮花的花期已過，高峻正看著花苞，忽有宦官帶著一名臣子走了過來。那臣子在高峻的面前跪下行禮，高峻先命衛青及其他宦官退下，接著對那臣子說道：

「孝敬，你過來。」

那臣子起身走到高峻的身旁，他正是鵲妃的父親琴孝敬。年約五十出頭的琴孝敬原本是個風姿瀟灑的人物，如今卻是面容憔悴、眼神渙散，令見者不勝唏噓，不久前還烏黑油亮的頭髮，此時竟已花白。

他已主動辭去中書侍郎職務，馬上就要離開廟堂。雖然表面上鵲妃是病死，宮女是遭山犬咬死，但琴孝敬身為鵲妃的父親，還是得背負一些責任。

「微臣實在不知道該如何向陛下表達心中的歉意。」

孝敬的臉上帶著萬念俱灰的表情。在短短的時間裡，他失去了兒子及女兒，卻還必須為此引咎辭官，其心中傷痛之大，是高峻難以想像的。

「你不須向朕道歉，好好安慰你的妻子，弔奠你的孩子吧。」

「是……」孝敬緊咬著牙齒，表情卻逐漸扭曲，眼淚終於奪眶而出。「失……失禮了……」孝敬一時哽咽，說不出話來，趕緊取出手帕抹去眼淚。

孝敬是個剛正、耿直的男人，在朝中頗具信譽，工作的能力也很強。失去這樣的人才，對高峻而言實在是一大損失。

「微臣的兒子及女兒……從小就像是互為表裡的一對兄妹……」

孝敬擦拭了淚水，稍微恢復了冷靜之後喟然說道：

「但兩人的感情太好，讓微臣的妻子有些擔心。說起來慚愧，微臣是在聽妻子說了之後，才察覺這件事……妻子和微臣私下商議，最好趕緊把女兒嫁出去，以免兄妹兩人鑄下大錯。但如果只是嫁往其他人家，我們擔心無法徹底斬斷兄妹倆的關係。因此我們決定把女兒送進後宮，她在後宮裡見不到哥哥，對哥哥的奇妙情感自然會放棄或淡化……說起來對陛下相當失禮，這其實才是我們把女兒送進後宮的真正理由。沒想到這個決定竟成了我們的最大罪過。若不是我們把惠瑤送進宮中，她也不會做出……那麼可怕的事情……」

孝敬緊緊握著手帕，承受著內心的苛責與煎熬。高峻輕拍他的手腕，要他別太過自責，孝敬再度熱淚盈眶，趕緊拿手帕蓋在眼睛上。

「如果……惠瑤心中戀慕的是聖德仁慈的陛下……可不知會多麼幸福……」

自己可一點也不仁慈。高峻心裡如此想著。自己不僅沒能拯救惠瑤，而且接下來還會遭孝敬怨恨。

高峻雖面無表情，卻彷彿被孝敬看穿了心思。孝敬面露微笑說道：

「聽說陛下為惠瑤焚了絲羽？陛下的仁慈，微臣感懷在心。」

高峻霎時吃了一驚。焚燒絲羽一事，自己沒有跟任何人說過，天底下知道自己偷偷焚燒了絲羽的人，只有衛青而已，衛青的口風很緊，絕對不可能說出去。

「你為什麼……」

「烏妃娘娘在信中告訴了微臣。」

「什麼？烏妃？」

高峻心中的驚訝不減反增。壽雪竟然會寫信給孝敬？

「烏妃娘娘在信中說，她已弔慰了惠瑤，陛下也為惠瑤焚燒了絲羽，惠瑤的靈魂渡海必不致迷途。沒想到烏妃娘娘會寫信給微臣，當初微臣也嚇了一大跳。烏妃娘娘幽居深宮，對微臣而言就像是真假難辨的宮中傳說，微臣連烏妃娘娘是人是鬼也不知道，沒想到竟然會收到來自烏妃娘娘的慰唁之信……從烏妃娘娘的信中，微臣感受到了烏妃娘娘對惠瑤過世的哀悼之意。微臣相信烏妃娘娘必定是慈悲之人，當然陛下也是。」

高峻一時啞口無言，沒想到壽雪會做這樣的事情。而且……她這麼做顯然是為了自己。

孝敬從剛剛到現在完全沒有流露出一絲一毫的埋怨之意，原本高峻正感到納悶，原本還以為若不是孝敬善於隱藏感情，就是孝敬天性寬厚，不把怨恚放在心上。

沒想到竟然是壽雪的一封信，化解了孝敬心中的怨恚。

不知道為什麼，高峻突然有一股想要流淚的衝動。

就好像是背後一直有著一團幽暗、陰寒的影子在追趕著自己，直到這一刻才終於獲得了稍做喘息的機會。

高峻這段時間以來一直熱切希望能夠拯救壽雪。畢竟自己也是害那少女被囚禁在後宮的當事人之一，高峻一直為此深感自責。宵月的一番話，必定讓她深深受到傷害，這點高峻也是心知肚明。

那名少女想必早已滿身瘡痍吧。即便身上無傷，內心卻是傷痕累累。高峻萬萬沒想到，壽雪竟然還有心思做出這種為他人著想的事情。更何況所謂的「他人」，正是將冬王幽禁於後宮之中的夏王。

高峻這才發現，自己或許太小看壽雪了。高峻除了明白了自己有多麼自以為是，同時因恐懼陰影而僵化的心靈也終於獲得了舒緩。

終於能夠好好喘口氣了。

對高峻來說，這是一種解脫。一種原本以為永遠得不到的解脫。

「陛下……」孝敬吃驚地說道：「您在……為了惠瑤而哭泣嗎？」

高峻一時不能自已，沒有辦法擠出聲音，當然也沒有辦法解開這個誤會。
沿著池面拂來的清風，輕輕撫過了高峻臉頰上的淚珠。

（完）

國家圖書館出版品預行編目資料

後宮之烏 2：雙生之沫 / 白川紺子作；李彥樺譯
. -- 初版 . -- 臺北市：三采文化股份有限公司，
2022.10- 冊；公分 . --（iREAD；157）

ISBN 978-957-658-898-3（平裝）
861.57 111011248

suncolor 三采文化集團

iREAD 157

後宮之烏 2：雙生之沫

作者｜白川紺子　繪者｜香魚子　譯者｜李彥樺
編輯二部 總編輯｜鄭微宣　責任編輯｜藍勻廷　編輯選書｜李嫜婷　校對｜黃薇霓
美術主編｜藍秀婷　封面設計｜李蕙雲　內頁排版｜魏子琪　版權協理｜劉契妙

發行人｜張輝明　總編輯長｜曾雅青　發行所｜三采文化股份有限公司
地址｜台北市內湖區瑞光路 513 巷 33 號 8 樓
傳訊｜TEL:8797-1234　FAX:8797-1688　網址｜www.suncolor.com.tw
郵政劃撥｜帳號：14319060　戶名：三采文化股份有限公司
本版發行｜2022 年 10 月 28 日　定價｜NT$380

suncolor